近衛騎士長
ハウランド
ドザー国近衛騎士
オーシオ
盗賊団頭目
ラックシップ

「見ての通り、
猫を洗ってるんだけど……」

いきなり水を浴びせられたこともあって、
猫たちは暴れて逃げ出そうとする。
ジョンマンはあやすように水の中に戻していった。
何としても逃げ出そうとしていた猫たちだが、
あまりにもジョンマンの手が早く強かったため、
やがて諦めて、洗われることを受け入れていく。
「ジョンマンさん！何やってるんですか？」

SSSSランク冒険者
デュース
Fランク冒険者
コエモ
Fランク冒険者
ジョンマン

最強出戻り中年冒険者は、いまさら命なんてかけたくない

明石六郎

［イラスト］

ごろー*

Contents

プロローグ　帰宅

伝説のダンジョン、『無間地獄《むけんじごく》』。

世界でもっとも深いとされるそこには、多くの逸話が残っている。

歴史に名を刻んだ英雄が頼れる仲間と共に踏み込んだが、誰一人戻ってこなかった。

とある富豪が大金をはたいて大勢の凄腕《すごうで》を雇い突入させたが、ボロボロの数人が何の成果も出せず帰還しただけだった。

一国の王が多くの兵を率いて進軍したものの、一階すら突破できずすごすごと引き返してきた。

かくも恐ろしい『無間地獄』に挑む者たちがいた。世界最高の冒険者集団、『アリババ40人隊』である。

数多《あまた》のダンジョンを踏破し、災害とされるモンスターを討伐し、世界的犯罪組織セサミ盗賊団を壊滅させた。もはや冒険者という枠組みに収まらぬほどの英雄集団である。

意気揚々と突入した彼らは一年、二年と経過しても、誰一人戻ってくることはなかった。これはもう全滅してしまったのではないかと、誰もが生還を絶望視していたなか……。ダンジョンに突入してから五年後、彼らは全員そろって生還したのであった。

世界は彼らの生還を喜び、その偉業を讃えた。だが五年もの歳月は、彼らの心を憔悴《しょうすい》させていた。

勝利と栄光の道を進み続けたアリババ40人隊は、『無間地獄』の踏破と帰還をもって解散となったのである。

所属していたメンバーは、全員が引退を表明した。多くの組織が彼らを引き入れたがったが、誰一人として首を縦に振ることはなかった。

もう彼らの活躍を知ることはできないのか。そう思っていた民衆の元に、吉報が届く。

ダンジョン踏破後も精力的に活動していた、唯一のメンバー『マルコ・ポーロ』。

彼は冒険のさなかに書き溜《た》めていた文をまとめ、アリババ40人隊の活動記録を本として出版したのである。その名も『全方見聞録』。

著者であるマルコ自身が、私財を投げ打って多くの国々に売り出したこともあり、それまでアリババ40人隊を詳しく知らなかった人々の元にも行き渡るようになった。

解散してなお、その名声が広がることが止《とど》まることはない。もはやアリババ40人隊を知らぬ者は一人としていないだろう。彼らの活躍は、後世にも語り継がれていく。

しかしそれでも、いやそれでは、メンバーたちが負った心の傷が癒《い》えることはなかった。

※

キョクトー諸島。大小数百の島からなる、大陸から離れた海に浮かぶ島々。世界全体からすれば、ひとまとめに田舎《いなか》とされる地域である。

キョクトー諸島の主だった島々から離れたところに、メイフ島という島がある。メイフ島には四つの国があり、中でも一番小さい国こそドザー王国であった。

ドザー王国の中でも、ひと際ド田舎な町、ミドルハマー。

いわゆるさびれた田舎ではなく、それなりに人口が多く、子供もたくさんいる。しかし首都から遠く離れており、付近の大きな街からの交通の便も良くない。付近に商業的な価値の高いダンジョンがあるためそこまで景気は悪くないが、世界の端、世界の果てと言っていい場所である。

ミドルハマーの表通りにある、一軒の不動産屋。その主である一人の中年男性が、事務仕事をしていた。

世界のどこにでもありそうな光景だったが、そこに異分子が現れる。

「ぜぇ……はぁ……開いてるかい」

不動産屋のドアを開けて入ってきたのは、汚れた旅人であった。

年齢は、四十歳ほどだろう。疲れているようで顔もやつれているが、重い荷物を背負っているので病気というわけではなさそうだった。

「その大荷物に、くたびれた格好。見るからに旅人の様子だが、なんだって不動産屋に来たんだ。宿屋に行ったらどうだ？」

不動産屋の店主は、店を間違えているのではないかと指摘した。町内の地図を出して、宿屋を紹介しようかと思ったほどである。

「長い旅から帰ってきたところなんだよ」

「それなら自宅に行けばいいだろう」

「その自宅が売り家になっていてね……仕方ないから、買いに来たんだ」

汚れた旅人は懐から大きめの金貨を十枚ほど取り出す。

それを見て、ほほう、と店主は目の色を変えた。

「壁の外にある、町はずれの小さな家だ。アレを買うには、これで十分だろう？」

「そりゃまあ、そうだな……ああ、一括で売らせてもらうよ」

いつの世も、現金一括は喜ばれるものである。なにせ逃げられることがないのだから。

不動産屋の店主は旅人を椅子に座らせると、手続きをしようと書類を探し始め……。その物件の情報を見たところで、ああ、と思い出していた。

「アンタ、家出した弟か」

家出した弟、と呼ばれた旅人は少し驚く。間違っていたからではなく、正しかったからである。

「確かにそうだが、何で知ってるんだ？」

「アンタの兄が有名人でね」

なんの観光名所もないミドルハマーという町にも、大きなニュースがあった。この町の出身者が、近衛《このえ》騎士長に選ばれたという報《しら》せだ。

彼の生家が、まさに旅人の求めた家だったのだ。であればこの旅人は、近衛騎士長の家族ということになる。

「王都の騎士に取り立てられて、そのまま近衛騎士長サマさ。王族の娘と結婚し、両親を王都に招いたんだと。娘や息子も生まれて、楽しくやっているそうだよ」

「へえ……。だから家を売ったのか……」

自分の家族がどこに行ったのかを聞いて、旅人は少し安心しているようであった。

「……あ、一応聞くけども、まさか買うのをやめてそっちに行くとか言わないよな？」

「今から近衛騎士長になった兄貴にタカリに行くってか？　そんなみっともない真似をするかよ」

みっともない格好をしているじゃないかと言おうとして、不動産屋の店主は失笑を漏らす。

「なるほどねえ、そこまでは落ちぶれてないってか」

「家を買ってほしいのか、買ってほしくないのか。どっちなんだ、アンタ」

「悪い悪い……買ってほしくてたまらないんだよ。いやまあねえ、話題性はあるんだけどねえ……住みたくはないだろう？　だから全然人気がなくてさあ」

「だから、売りたいのか売りたくないのか、どっちなんだ」

「悪いって！　ほら、この書類にサインをすれば、あの家はアンタの物だ」

少しくたびれた書類を渡された旅人は、店主の接客振りへ正当な反応をしつつ、当然ながらサインをした。

「ほらよ」

「うん……ジョンマンさんだねえ。お買い上げ、ありがとうよ」

旅人は『ジョンマン』という自分の名前を記入した。

この手続きによってようやく、彼は家に帰る権利を得たのである。

「いやしかしまあ、あれだよ」

「まだなんかあるのかよ」

「あんなちんまい家でも、一括で買えるんだ。大したもんだよ」

商談を終えたあとであるにもかかわらず、不動産屋の店主はなぜか接客態度を改善した。

「その姿を見るに、家を出てさんざん無茶したんじゃないか。そんな生活に疲れて家に帰りたくなって、長旅の末戻ってきたってことだろう」

「ま、そのとおりだ」

「それをバカにする奴もいる。まあ私もバカにするが……兄が出世していると知ってもそっちに行かないってのは、立派だ」

不動産屋は、改めてジョンマンを見た。貧乏人にしか見えず、明日の食事にも困っていそうである。

しかし金払いの良さを見るに、見た目ほど懐が寂しいわけではないらしい。少々即物的だが、懐が温かい者というのは立派なのである。

「故郷に帰ってきた分、立派な兄と比べられるだろうが……まあ面白がってるだけだ。気にせず、分にあった暮らしをすればいい」

「言われなくてもそうするさ」

まったく的を射ていないが、それでも気を遣われたのは嬉《うれ》しかった。

悪くない気分になりつつ、ジョンマンは礼を言う。

「ありがとうよ」

ジョンマンは大きい荷物を背負い直すと、不動産屋をあとにした。

そして……改めてゆっくりと、誰もいない家に向かって歩いていく。

「ふぅ……」

表通りを抜けて、町を守る門をくぐって、壁の外にある家の前に改めて立った。

まだ『売り家』という看板が立っているが、手続きを済ませている以上どうでもいいものだった。

「た、ただいまあ……」

ジョンマンは誰もいないことを知ったうえで、不動産屋で受け取った鍵でドアを開ける。

すると家の中にいたであろう虫やらネズミやらが大量に逃げ出していった。床を見ればフンでとても汚れている。何匹かの子猫を抱いて寝転がっている猫までいた。

なんとも散々な家の中であった。いいことを言っていた不動産屋だったが、物件の管理がまったくできていない。彼自身が不動産屋失格である。ジョンマンは口を開いて、そんな文句を言おうとした。しかし口から出た言葉は、彼の意思に反していた。

「か、帰ってきたんだなあ……」

彼は安堵《あんど》の涙を流していた。

背負っていた荷物を、粗雑に床に置く。すると荷物の封が解けて、彼の背負っていた箱が床に転がり、中に入っていた大量の硬貨が床に散乱した。

いくつかの種類が混ざっていたが、どれもが精巧な細工のされた、金以上の希少価値を持つ金属で作られた硬貨だった。

一番価値が低い物であっても、先ほど不動産屋に支払った物と同じ金貨へ両替をすれば、金貨の袋が百は必要になるだろう。

当然ながら、盗んだ金ではない。彼が冒険で得た、正当なる財産である。一介の冒険者では、彼の持つ金貨一枚とて拝むことはできまい。であれば彼の来歴がどれほどか、想像に難《かた》くないだろう。

「俺の旅は、終わったんだなあ……！」

旅に出た彼はアリババと出会い、彼の組織であるアリババ40人隊のメンバーとなった。

最後のダンジョン攻略にも参加した。他のメンバー同様にその心身を疲弊させ、引退したのである。

「ああ……」

引退した彼は、心に区切りを求めた。自分の旅の終わりを迎えるには、自分の家に帰ることが必要だった。

家族に迎えてほしかったわけではない、故郷の英雄として歓迎してほしかったわけではない。

ただ出発地点だった家に、自力で帰りたかっただけなのだ。

五年の歳月をかけてそれを達成した彼は、この上ない満足感で満たされていた。

「もう、頑張らなくていいんだなあ……」

彼の冒険は、ここで終わった。そして、この物語はここから始まる。

第一章　Fランク冒険者として

自宅を購入し、旅を終えたジョンマン。彼は自宅に一歩入ると、前のめりに倒れた。

床にぶちまけられた硬貨の上で、彼は深く眠りについてしまった。

二十五年間の旅が終わり、緊張の糸が切れたのだろう。昼頃に眠った彼は、翌朝まで眠っていた。

彼の眼を覚まさせたのは、猫の鳴く声であった。

「ん……？」

起き上がったジョンマンが鳴き声の方を向くと、子猫をかばうように威嚇《いかく》してくる母猫の姿があった。

「……そうか、俺は帰ってきたんだったな」

家の中を見ると実に汚らしくて、『売り物』だったとは思えない惨状だ。

その家よりも汚いのが、ジョンマン自身であろう。着ている服も汚ければ、本人も相当汚らしい。

「落ちるところまで落ちたというか、元居た場所に戻ってきたというか。……はぁ」

アリババ40人隊に属していた時、それも冒険の合間に豪華な歓待を受けていた時を思い出す。

ジョンマン自身は主要メンバーではなかったが、それでも世界最高峰の冒険者集団の一員として、主要メンバーと遜色ない歓待を受けていた。

王宮や神殿などで、塵《ちり》一つない一室を用意され、常にメイドなどが複数ついてこちらの要望を聞いてくれていた。どこに行っても国賓級の扱いを受けたのである。

歓待を受け始めた時は恐縮していた。やがて『俺は成りあがったんだ』と自信をつけるほどになり、これが当たり前だと思うようになっていった。そして飽きるまでに至った。

「とりあえず、掃除をしないとな」

豪華な暮らしと縁を切った彼は、ここで暮らすために掃除を始めることにしたのである。

彼の振る舞いは明らかに面倒そうで、実際掃除が好きというわけでもない。しかしそれでも、帰ってきたことに後悔はなく、華やかな世界に未練はないように思えた。


「掃除、終わったな……うん、終わった。新しい生活の準備も終わったな、うん……」

ジョンマンは金もあれば暇もあった。そのうえ、力も十分に持っていた。彼は家の近くにある井戸から水を汲《く》み、できるだけ身を清めた。長旅での汚れを落としたあとはミドルハマーで着替えの服や家具、掃除道具などを買い集め、購入した家の住環境を整えていった。

先住者である猫たちは、家の中を好き放題にするジョンマンを威嚇し続けていた。

追い出そうと思えば簡単に追い出せるが、子連れの母猫を追い出すほど薄情でもない。掃除を終えたあとの彼は再びミドルハマーに向かい、自分の分の食糧を購入するついでにミルクと猫用の皿を買って帰ってきた。

ジョンマンがそれを差し出すと、母猫は少々躊躇《ちゅうちょ》してから舐《な》め始めた。よほど空腹だったらしく、子猫たちもそれに続いていた。何とも微笑《ほほえ》ましい姿を見ながら、ジョンマンは椅子に腰を下ろした。

「もうやることがねえ……」

ふと外を見れば、昼を過ぎたころであった。住環境を整えるという大仕事でありながら、半日で終わってしまったのである。

今日が暇というだけではない、明日も明後日も来年も予定がないのだ。余暇もここまでくると苦痛であり、解消したくなってしまう。

「かといってなあ……。やりたくないことはいくらでも思いつくが、やりたいことは思いつかないし」

ジョンマンはミルクを舐めている母猫に近づいて、ゆっくりと手を伸ばした。母猫はその手に気付いても、抵抗するそぶりを見せない。

ジョンマンはそれを確認すると、やさしく、ゆっくりと撫《な》でた。

「……これから俺が二十年ぐらい生きるとして、これを二十年続けるってのはなあ」

猫を撫でながら、ふと家の中を見渡す。必要な家具は揃《そろ》っているが、彩《いろどり》のようなものはない。花でも買って飾れば、それの世話をすることになるだろう。それはそれで少しは時間を潰せる。

猫を飼うだけではなく、犬を飼うというのもいいかもしれない。犬というのは散歩が必要なのだし、その分時間を潰せるかもしれない。

そんな未来予想図を描いてみるが、実際にやるとなると面倒に違いない。残りの人生を犬や猫の世話、花の世話に費やすのは気が乗らなかった。

「忙しくなりたいわけじゃないんだ、暇を潰したいだけなんだよなぁ……」

考え事をしている間、猫を撫で続けていたため、嫌がられて逃げてしまった。それをきっかけにして、ジョンマンは腰を上げる。

「よし、ものすごく楽で時間が潰れる仕事をしよう。金は腐るほどあるから、儲《もう》からなくてもいいんだしな。嫌になったらやめればいいし」

労働時間が短く、労働強度の低い仕事に就職。プライベートな時間では、家事や猫の世話をする。悪くない余生が過ごせそうな気がするライフプランであった。そうと決まれば話は早い、ジョンマンは立ち上がって家の外に向かう。

「退屈な仕事って言えば、アレだよな……」

労働時間が短く、労働強度の低い仕事。それにもいろいろな種類がある。

ジョンマンは吟味するつもりさえなく、もうすでに自分の就職先を決めていたのだった。

※

腰を上げたジョンマンが向かった先は、やはりミドルハマーの町中であった。

ド田舎《いなか》であるミドルハマーで、四十を越えた新人が働き始めるというのは簡単ではない。だが誰でも簡単に受け入れてくれる職場があることを、ジョンマンは知っていた。故郷で暮らしていた時の彼は、そこで働いていたのである。

「場所が変わってないといいけど……二十五年だからなあ。いや、二十五年で場所が変わるなんてそうそうない、か？」

子供のころの記憶というのは、意外と忘れていないものである。彼は迷うことなく、狭い町の中心にたどり着いていた。子供のころは大嫌いだった職場、『冒険者ギルド』である。

昔の彼はこの職場で、冒険者とは名ばかりの薬草採集などをしていた。

「ガキだったころは、そんな地味な仕事が嫌だって言って飛び出したのに……結局それをすることになるってのは……ははは」

自嘲気味に笑いながら、ジョンマンは冒険者ギルドの中に入った。おぼろげだった彼の記憶とまったく変わりのない、木造一階建ての地味な建物。内装も貧乏くさく、掲示板や椅子、机が置いてあるぐらいで、装飾品らしいものなど置いていていない。

正面玄関から入ってすぐ前の受付窓口がある机へ、ジョンマンは近づいていく。そこには受付嬢もいたが、ジョンマンがうっすら覚えていた『受付嬢』とは別人である。ジョンマンがこの町を去ったあとで生まれたであろう、若い女性であった。

服装も髪型もとても清潔だった。絵に描いたような、仕事をしている女性の姿をしている。その点は都会の受付嬢と大差はないだろうが、一方で『人』は田舎レベルだった。顔が整っているとかではなく、表情にプロ意識が欠けていた。

見ただけでそれを読み取ったジョンマンは、その姿に懐かしさしか覚えない。文句を言うわけもなく下手《したて》に出ていた。

「すみません、以前ここに登録していた者なんですけど……。復帰しようと思ったら、登録カードをなくしちゃいまして……再発行していただけませんか？」

ジョンマンは情けない笑みを浮かべながら、その受付嬢に話しかけた。もちろん嘘《うそ》は言っていない。冒険者ギルドに登録していたので登録カードを持っていたが、二十五年前のことなのでとっくに紛失している。

「そうですか、紛失ですね。最後に仕事を受けたのはいつですか？」

「二十五年前です」

「はいはい、にじゅう……ええっ⁉」

途中まではマニュアル通りの接客をしていた受付嬢も、いきなり飛び出た二十五という数字には慄《おのの》く。そしてまじまじと、ジョンマンを値踏みし始めた。

（うわぁ……ぜったいロクな奴じゃない）

（って、思ってるんだろうなあ……）

二十五年ぶりに、冒険者ギルドで仕事を始めようとする。それを恥ずかしげもなく口にできる男へ、受付嬢は嫌悪感を隠さなかった。

それこそ、初対面のジョンマンでも察するほどである。

「登録カードの更新は、五年に一度行われる決まりなんですよ？　二十五年も仕事を受けていなかったら、とっくに失効しています！　再発行はできませんので、もう一度登録し直してください！」

「あ、そうですか……。じゃあそれで」

「一応申し上げておきますが、再発行する場合はFランクからのやり直しですからね。半年間、昇格試験を受けられないですからね」

「あ、はい」

「はっきり言いますけど、一日真面目に働いても、食べていくのが精一杯ですからね！」

「あ、はい」

「冒険者とは名ばかりの、しょぼくさい労働ですからね！　ダンジョンに入ること、近づくことも厳禁ですからね！」

「あ、はい」

冒険者ギルドの受付嬢は、それこそ受付嬢の領分を大きく超えた『説教』をしていた。

（あ、はいしか言わないわね……こんなやる気のない奴が登録してくるなんて……嫌だわ！）

（とか思ってるんだろうなあ……実際そうなんだけども）

ジョンマンがやる気のない返事をしたこともあって、彼女はより攻撃的になっていく。

「Fランクの仕事は、大したものではありません。ですがそれができなければ、昇格試験は受けられません！」

「あ、はい」

「遅く始めたことを悪いとは思いませんが、始めたのが遅い分やる気を出すべきなのです！」

（始めたのが遅いも何も、世界の頂点を極めたあとなんだがなあ……）

「まだ何も成していない貴方《あなた》が、なぜそんなにやる気がないんですか！」

（もうやることがないくらい、何もかもを成したあとなんだがなあ……）

ジョンマンにやる気などない。Fランク冒険者として登録したら、昇格などいっさいせずに『退屈な仕事』をし続けるつもりだった。

冷やかしだと言うのなら、まったくおっしゃる通りである。ジョンマンは自覚しているため、受付嬢の失礼な態度へ腹を立てることもなく、むしろ申し訳なく思うほどだった。

「今この冒険者ギルドにいる誰よりも、貴方からはやる気が感じられません！　同じFランクでも、もっと必死ですよ！」

（人を見る目は確かだなあ……）

的外れな説教が終わるのを待っていると、ちょうどそのタイミングで、一人の男が冒険者ギルドに入ってきた。

「お、なんだ。ずいぶんと騒がしいな？」

受付嬢の大きな声を聞いて、トラブルでもあったのかと近づいてきている。

彼女はいい比較対象が戻ってきたとばかりに、鼻高々で説明を始めた。

「今入ってきたのは、我が町一番の冒険者ですよ！　どうです、貴方と同年代ですが風格がまるで違うでしょう⁉」

貴方とは格が違う、生きている世界が違う、話をすることもできないとばかりであった。しかし意外にも、その男の方からジョンマンに話しかけていた。

「……ん、おい。お前もしかしてジョンマンか？」

「ヂュース……？」

ジョンマンもまた相手の名前を呼び返す。

「なんだお前、いまさら帰ってきたのか。故郷を嫌って外に出たはいいが、夢破れて帰ってきたってか？」

ヂュースはジョンマンの友人であった。幼いころには一緒に遊んだし、大きくなってからは喧嘩《けんか》をしつつ一緒に冒険者の仕事をしていたのだ。

「そういうヂュースはずいぶん出世したみたいだな」

「ふ、おうよ」

ジョンマンがずいぶん変わったように、今のデュースも昔のままではない。

雰囲気や眼光などの曖昧《あいまい》な要素だけではなく、見るからに装備が良かった。

金属製の盾は、国内で有名な老舗《しにせ》防具店『ゴウゴウ』のオーダーメイド。強度と重量を誇り、相応の実力者でなければ売ってもらえない品である。

着ている『防具』は金属製ではなく、分厚い布でできていた。大玉桑《おおたまくわ》と呼ばれる最上級の桑だけで育てた蚕《かいこ》からとれるロードシルクを、幾重にも重ねた布鎧《ぬのよろい》である。金属製の鎧ほどの防御力はないが、その分格段に軽く動きやすく、モンスターが出す毒や酸なども大幅に軽減してくれる高級品だ。

鞘《さや》に納められていて刃を見せない剣は、他の武装が霞《かす》むほど神秘的な雰囲気を放っている。

「今の俺は、この町一番の冒険者。そのランクは、ＳＳＳだ！」

「へえ、一番……えすえすえす……なんだって？」

誇らしげに、自分のランクを明かすデュース。聞き慣れないランク名であったため、ジョンマンは思わず聞き返していた。

「お前も覚えていると思うが、この町の冒険者の最高位はＡランクだ。だがそいつらでも、ダンジョンの地下十階までしか行かない」

「たしか地下十階以降は通路の幅が狭くなって、ソロでしか行けないからだったな」

「俺はそこに踏み入った。それどころか、その更に更に奥……このダンジョンの底、最奥部十五階に到達したのさ！」

ギュースは腰に下げていた、ダンジョンの入り口に彫られている『ダンジョンシンボル』と同じ印が刻まれている剣を見せた。

ダンジョンの最奥に初めて到達した証《あかし》であり、すべての冒険者にとって憧れである。

「その成果を認められて、俺はＳＳＳランクの冒険者になったわけよ。どうだ、すごいだろう？」

それを見せびらかすギュースは、ちらちらとジョンマンの反応をうかがっている。

「ああ、すごいな。最初は何事かと思ったが……もう好きなだけＳをつけていいと思うぜ」

ジョンマンは心から、友人の偉業を称賛していた。それが気に入らないのか、露骨にギュースは白けている。

「それだけか？」

「な、なんだよ……？」

彼がジョンマンに求めたものは、嫉妬や憎悪といった暗い感情だ。素直に褒められたとしても、まったく面白くなかった。

「おいおい、なんの騒ぎだ？」

「見ない顔だな、ギュース。そいつは誰だよ」

正面入り口から、別の冒険者たちが入ってくる。ダンジョン帰りらしき身なりからして、高ランク冒険者であるとわかる。

「お前ら、コイツを見ろ」

ヂュースは入ってきた冒険者たちの視線を、ジョンマンに集めた。

「この男はな、ジョンマンという。あの！　このミドルハマーの誇りの！　近衛《このえ》騎士長、ハウランド様の弟だ！」

ヂュースはジョンマンの素性を高々と喧伝《けんでん》する。やはりジョンマンの兄は有名人であるらしく、冒険者たちも受付嬢も驚いていた。

「ハウランドに、弟がいたのか？　そんなの、会ったことがないが……いや昔、家を出た弟がいたとかなんとか……」

「ハウランドの弟だってのに、酷《ひど》いナリだなおい！」

彼らは『近衛騎士長様』の汚点を見つけて、それが嬉《うれ》しくて笑っているのだ。

ジョンマンもむっとして、殺意さえ覚えていた。

（全員、ぶっ殺してやろうかね）

ヂュースを始めとする高ランク冒険者を殺せるだけの実力が、今の彼には備わっていた。

（何秒かかる？　一瞬で全員殺せるな……やめよう）

ほんの少しの時間検討し、大して面白くないからやめるという結論に至っていた。

「なあ受付さん。俺の再登録の手続きは終わったかい？」

「へ？」

ジョンマンはヂュースの相手をやめた。何事もなかったかのように受付嬢へ話を戻したのである。

「ほら、ＳＳＳランクの冒険者様がいらっしゃるんだからよ、待たせちゃ悪いだろ」

「そうですね……。で、ではこの書類に必要事項を記入してください」

「はいよっと……これでいいかい」

嘲笑していた面々も困惑するほど、ジョンマンは大人の対応をしていた。受付嬢も正気に返ったかのように、事務的な対応に戻っていた。

「登録の手続きをしておきますので、明日の朝もう一度この受付に来てください。その時に登録カードをお渡しします。仕事の受付は、それ以降となります」

「はいよ、明日の朝だな。それじゃあこれで失礼」

自分をバカにした男たちの合間をぬって、ジョンマンは冒険者ギルドを出ていったのだった。

※

冒険者ギルドをあとにしたジョンマンは、ゆるく笑いながら歩いていた。

ヂュースにからかわれたことを気にしていないわけではないが、それを差し引いても明日の予定が決まったので上機嫌である。

「あの、ちょっといいですか？」

うら若い乙女が後ろから駆け寄って、申し訳なさそうな顔でジョンマンに話しかけてくる。

「……なに？　人違いじゃないか？」

ジョンマンはまず人違いを疑っていた。この少女から声をかけられるだけの理由が、彼には思いつかなかったのである。

「父と姉が失礼なことをしたようなので、謝りたくて……」

「父と、姉？」

「私はコエモっていいます。ギュースの娘……でわかりますか？」

「アイツの……娘？」

「それから、受付嬢は、私の姉です」

ジョンマンはここまで説明されて、ようやく事態が呑《の》み込めた。そして大いに驚いたのである。

「アイツに……ギュースに、家族!?」

ジョンマンの脳裏には、幼き日のギュースと、ついさっき再会した今のギュースがフラッシュバックした。

先ほど出会った受付嬢や目の前のコエモの年齢を逆算して、彼女たちが生まれた時に自分が何をしていたのかを瞬間的に思い出していた。

そして……、腰を抜かして、しりもちをついた。

「負けた……男として、人として、負けた……」

ジョンマンが超強力なスキルを習得するため修行先で四苦八苦していたり、一国の命運をかけて仲間と共に超巨大なモンスターの群れを迎撃殲滅《せんめつ》していたり、世界に名だたる冒険者集団の一員として活躍していた時……。

ギュースは町一番の冒険者として活躍しつつ、家庭を作って子供を育てていたのである。

ジョンマンはあまりのことに、失意と絶望、劣等感と敗北感に打ちのめされていた。

「ど、どうしたんですか⁉」

「ギュースの奴が結婚していて、子供を作っていたなんて……。いったいどこで、ここまでの差が……」

「そ、そんなにすごいことでもないのでは？」

「そ、そうだよな、結婚して子供がいるなんて、そんなに凄《すご》くないよな……。でも俺はそれすらできてないんだよ……」

大の大人がいきなり奇行を始めたので、コエモは大いに慌てていた。

町一番の冒険者になっていたとか、町のダンジョンを初めて踏破したとかではなく、結婚して家庭を持っていることにショックを受けるなど、彼女の基準ではおかしなことだった。

「俺は……ぼ、冒険で忙しくて、そういうことには一切できなかったんだ……」

世界的な犯罪組織と戦ったり、太古の昔からよみがえったアンデッドモンスターと戦ったり、世界最大のダンジョンに潜ったりしていたので、家庭を持つ暇がなかった。

しかしそれらをまとめると『冒険していてそれどころではなかった』の一言になってしまう。

ジョンマンは自分の人生の薄さを嘆いていた。

「そんな俺に比べて、ヂュースは……君のお父さんは、立派に一家の大黒柱をやっていたんだな。君みたいに大きな娘さんを育てて……ああ、負けた」

「でも、実態はあんなもんですよ？」

コエモは自分の父親に対して否定的だった。

「自分が町一番の冒険者だからって、他の冒険者をバカにするし……かと思えば、貴方のお兄さんであるハウランドさんには嫉妬心をむき出しにするし……貴方のことも、コケにしていたじゃないですか。みっともないですよ」

「……まあそれはそうだけども」

ジョンマンをして、ヂュースの態度は褒められたものではない。彼自身の株を下げるだけの、みっともない下品な振る舞いだった。

彼の娘であるコエモが恥じても、そこまでおかしな話ではない。いやむしろ、まともな娘ならそう思って当然だ。

「……俺はメイフ島を出て世界中を旅したけど、終わってみれば何も残っていないんだ。そんな俺の方が、よっぽどみっともないと思わないかい？」

ジョンマンは好き放題にしてきた人生を自嘲した。そんな己に比べれば、父親としての務めを果たしているヂュースの方が『立派な大人』であろう。

「あ、あの！　ジョンマンさんって、町から出ただけじゃなくて、国から、このメイフ島から出たんですか⁉」

寂しい気分に浸っていたジョンマンの自嘲を聞いて、コエモはなぜか目を輝かせていた。

「ん？　あ、ああ……そうか、この町を出ただけだと思われているのか。俺はメイフ島を出て、世界中を旅してきたよ」

「ええ～～！　すごい！　ジョンマンさん！　ちょっと、家に入らせてもらっていいですか！　世界中を旅して持ち帰った物とかを見せてほしいです！」

ジョンマンの『世界中を旅してきた』という発言を信じる彼女はとんでもないことを言い出した。

「……は、え？」

「ぜひ、お願いします！」

どう考えても断るべき話だったが、ぐいぐい押してくるコエモに対して、ジョンマンはまったく抵抗できず……仕方なく自宅まで案内するのであった。

※

夕方になろうという時刻に、ジョンマンはコエモを連れて家に帰ってきた。

ジョンマンを迎えるのは母猫と子猫たちであり、『もう一回餌をよこせ』と言わんばかりににゃーにゃーと鳴いてねだっている。

一緒に入ってきたコエモには、なんのリアクションも見せなかった。

「この家って、ハウランドさんの生家ですよね？　あの人が引っ越したあとは、売り家になっていたって聞いていたんですけど」

「昨日この町に帰ってきた時に、不動産屋に行って買い戻してきたんだ」

「……え、じゃあ借家じゃないんですね。世界を旅してきただけあって、お金持ちですね」

「ああ……うん、まあ」

ジョンマンは改めてコエモを見た。自分とは父親と娘ほどに年齢差のある、未来溢れる女の子である。そんな女子が、自分しかいない家に上がり込んでいる。もしも誰かに見られていたら、言い訳ができない状況だ。

（今ヂュースに断られても、文句が言えないな……早く帰ってもらうしかないか）

コエモのためにも、自分のためにも、早く帰ってもらおうとするジョンマンであった。

「それで、ジョンマンさん！　旅先から持ち帰ったものとかないんですか？」

「悪いけど、帰路につく時に全部売ったんだよ。だから持ち帰ったのは、現金だけなんだ……ほらコレ」

ジョンマンは心を無にして、持ち帰った宝箱と、その中の硬貨を見せた。冒険の成果ではあるのだが、即物的すぎて嫌になっている。こんなことなら、何かお土産《みやげ》になりそうなものでも持って帰ってくればよかったと後悔するほどだ。

「わあああ！　すごい、たくさんの、外国のお金だ！」

コエモは『外国のお金』だと思って大興奮であった。そんな彼女を見ていて、ジョンマンは自分が騙《だま》している気分になっていた。

（申し訳ないけど、この国でも使えるお金なんだ……単に一般には流通しないってだけで……）

ジョンマンが宝箱に詰めて持ち帰った硬貨は、ドザー王国でも使える貨幣である。よほどの金持ちか両替商でなければ拝むことはないだけで、外国の通貨というわけではない。

（このままだと、金稼いできただけみたいに思われるな……。思い出の品を全部売って金にしている時点で、その通りなんだけども。他に何かあったっけか……）

コエモはもう十分喜んでいるが、このままだとジョンマン自身の気が晴れない。彼は自分の持ち帰ったカバンを開けて、中を確認し始めた。

「……あ、これもあったな。これはさすがに売れなかったんだ」

ジョンマンがカバンから取り出したのは、硬貨の詰まった宝箱より小ぶりな箱だった。しかしその装飾は上品かつ豪華で、それ自体が美術品のようにも思える。

「ほら、俺が世界中でもらった勲章だよ」

「え、勲章って冒険で受けた傷のことじゃないんですか？　父はいつも、それを自慢してきますけど」

「……いや、確かにそれも勲章だけども。それは勲章みたいなものっていうか、比喩って言うか……勲章の語源はコレだから」

ジョンマンは引き出し型になっている宝箱を開いて、中に納まっていたいくつもの勲章を彼女に見せた。

金では買えない名誉の形。アリババ40人隊が解散したあとも残っている、ジョンマンが多くの国で活躍した証明であった。

宝石や貴金属で作られた、繊細なデザインの勲章。それは一つ一つだけでも輝かしいが、並んでいるとなお荘厳だ。

「お、おおおおおお！」

それを見たコエモは絶叫してしまう。如何《いか》に町一番の冒険者の娘とはいえ、田舎娘である彼女には刺激が強すぎた様子である。

「私、こんなきれいな物は、初めて見ました！　ジョンマンさんは、本当に世界を冒険したんですね！　なにかもっと、他にあるんですか？」

「いや～～……もうないと思うなあ……」

もっと見せてほしいとねだるコエモに応《こた》える形で、一応荷物を漁《あさ》るジョンマン。しかし二つの箱を出した時点で、カバンはもうぺしゃんこだった。他に何かが入っているとは思えない。

「……これがまだあったのか」

カバンの中に残っていた『これ』を見て、ジョンマンの眼が暗く沈んだ。

ロバの絵が描かれた、安い布のスカーフ。アリババ40人隊の隊員章であり、過去の栄光そのものだった。

「あ、それ……アリババ40人隊のマークですね」

「え……知ってるの？」

ド田舎の極みであるミドルハマーで暮らすコエモがアリババ40人隊を知っていることに、ジョンマンはものすごく驚いていた。

コエモはなんでもなさそうに答える。

「私も好きなんですよ、マルコ・ポーロ先生が書いた『全方見聞録』！　世界最高の冒険者集団40人隊が活躍する本！　もう何度も読み返してます！」

（こんな辺鄙《へんぴ》な田舎にも届いているのか……それも俺が帰るより先に。どんだけばらまいたんだ、アイツ）

「もちろん創作だっていうのはわかってるんですけど、それでも楽しいですよね！」

（そして創作だと思われている……）

うっかり『俺はアリババ40人隊に所属していたんだぜ』と言おうものなら、失笑されて『いくら田舎者だからって、バカにしないでくださいよ、も～～！』と笑われそうである。

そうならなくてよかったと安堵《あんど》しつつ、実在しないと確信されていることにものすごく傷ついていた。

「アリババ40人隊のマークが描かれたスカーフを持ってるってことは、ジョンマンさんも『全方見聞録』のファンなんですか？」

「あ、いや……これは、人からもらったものでね……」

ジョンマンは濁して返事をした。もちろん嘘ではない。このスカーフはアリババ40人隊の隊長、アリババが渡してきたものだ。

「くれた人は大事な人だったんですか？　一緒に冒険した人だったりします？」

「……いやまあ、うん。そうなんだけどもね……最後の冒険がきつすぎてね、ケンカ別れした」

アリババが『最後にこのダンジョンに挑戦しようぜ』と言い出した結果、五年もの間ダンジョンに潜る羽目になったジョンマン。

彼はものすごく疲弊し、言い出しっぺであるアリババに対して悪い気持ちを向けるようになってしまった。解散する時に、顔を合わせなかったほどである。

「その最後の冒険については、聞かないでほしいな。他に何か聞きたいことはあるかい？　キョクトー諸島を出て最初に着いた大陸での出来事とか……」

「あ～～！　それ、ちょっと待ってください！」

ジョンマンが話題を変えようとすると、コエモは慌てて耳を塞いだ。

「そういうのは、自分で確かめたい派なので！　今ジョンマンさんから聞いたら、ちょっとがっかりっていうか……」

「……そうか、君はいつかこの町を出るつもりなんだね」

ジョンマンはコエモの姿や振る舞いに、かつての自分を見た。

好奇心や冒険心、探求心の赴くままに、世界を見て回りたい、狭い町を飛び出したい。そんな若さに、むしろ羨望さえ覚える。

「外の世界は危ないから、出て行くのならしっかりと準備してからにするべきだよ」

「それはもう分かってますよ！　まずはお金を貯めないといけないので、今は貯金をしているところなんです！」

ただ憧れているだけじゃないとアピールするコエモを見て、ジョンマンは少し寂しそうに笑った。

彼女が自分と同じように旅立ったとして、帰ってきた時に『旅をしてよかった』と思える可能性が低いことを知っているからだ。何なら、途中で死ぬ可能性の方が高い。

他でもないジョンマン自身、生きて帰ってきただけでも奇跡に近いと自認しているほどに。

「……そろそろ日も沈むよ。勲章や硬貨が見たいなら、また来てもいい。だから今日のところはもう帰りなさい」

「あ、そうですね！　それじゃあ……また来ます！」

帰っていくコエモを見て、ジョンマンの胸に切なさが募った。

彼女は父親であるヂュースの元に帰る。ヂュースは彼女を迎えて、食卓を囲むのだ。それは彼が守ってきたものである。

アリババ40人隊の功績に比べて、ありふれている幸せだ。それでもジョンマンが得られないものだ。その寂しさを切ったのは、しびれを切らした猫の鳴き声である。餌をよこせという猫たちに、ジョンマンは謝った。

「悪いな、今準備するよ」

後悔はある、未練もある、納得もしている。すべては自分の選択の結果であり、今生きているだけでも幸福に思うべきだと。

旅に出たにもかかわらず、故郷で余生を過ごすことができる。それはそれで、ジョンマンが勝ち取った人生であった。

※

ジョンマンがミドルハマーに戻って三日目のことである。彼は昨日立てた予定の通り、まず冒険者ギルドに向かった。

早朝というには少し遅い時間であり、すでに町の人々は働き出していた。そんな時間だったこともあり、冒険者ギルドは大変に混雑していた。多くの冒険者たちが出勤と仕事請負の手続きを、受付窓口で行っている。

どのランクの冒険者であっても、一日の始めに『どこ』で『どんな仕事をするのか』を受付で申告しなければならない。もちろん仕事終わりにもこの受付に来て手続きを行うのだ。

列は二つに分かれており、低ランクと高ランクそれぞれで並んでいる。別々の受付窓口で、それぞれの受付嬢が記録をとっていた。

（お、コエモちゃんは高ランク側で受付をやってるな……）

「本日はダンジョンの五階で鉱物資源の採掘をなさるのですね？　分かりました、それではご安全にお願いします」

ジョンマンは低ランク側に並びつつ、高ランク側の受付嬢をしているコエモの姿を見た。

高ランクの冒険者を相手に丁寧な接客を行っている彼女を見て、ジョンマンは抱えていた疑問を解消していた。

（そうか……コエモちゃんが妙に礼儀正しかったのは、受付嬢としての接客を教わっていたからか）

昨日のコエモは『父と姉が失礼なことをしたようなので、謝りたくて……』と言っていた。あの年頃の女子としては大人びていると思っていたが、それは彼女が仕事で培《つちか》ったものだったのだ。

（初対面の男の家に上がり込むのはどうかと思うけども……ちゃんと仕事のできる、偉い子だなあ）

微笑ましい気分で低ランク側に並んでいたジョンマンに順番が来る。その対応をするのは、昨日ジョンマンにキツいことを言っていたコエモの姉だった。

彼女はジョンマンが目の前に来ると、一気に目を吊《つ》り上げた。

「……貴方ですか、ジョンマン……さん」

（ええ!?　昨日より態度が悪くなってる!?）

彼女の露骨な敵意に、ジョンマンは困惑した。

（アレから一度も会ってないのに……なんか悪いことしたか？　いや、もしかしてコエモちゃんが、俺の家に入ったことを話しちゃったのか!?）

やましいことがあるジョンマンは、顔面蒼白《そうはく》になってしまう。

「おい、早くしろよ！　こっちは待ってるんだぞ！」

「いつまで睨《にら》み合ってるんだ!!」

ジョンマンの後ろに並んでいる冒険者たちは、長く待たされていることで苛立《いらだ》ちをあらわにする。

至極もっともな意見なので、ジョンマンは慌ててコエモの姉を促した。

「あ、あの！　昨日登録カードの手続きをした者なのですけど！　後ろの人を待たせちゃってるんで、早めに発行をお願いします！」

「ああ、そうでしたね。それではどうぞ」

「あ、ありがとうございます」

小さめの手帳のようなサイズをしている、冒険者ギルドの登録カード。それを受け取ったジョンマンは、そのままの流れで仕事の手続きを始める。

「ありがとうございます！　そ、それで、このまま今日から仕事を引き受けたいんですが……」

ジョンマンとしてはこの場で『昨日妹を家に連れ込みましたね』とか言われるのは本気で嫌だったので、なんとか話を切り上げようとする。

「Fランク冒険者の仕事は、付近の森での薬草採集になります。異物が混入していた場合は罰金を科されることもありますのでご注意を！　真面目《まじめ》に、仕事を、してくださいね！」

「はい……」

コエモの姉から薬草採集用の籠を受け取ったジョンマンは、あわてて頭を下げてそのまま冒険者ギルドを出た。他の同ランク冒険者と共に、ミドルハマー近くの大きな森へ向かっていった。

ミドルハマーにおけるFランク冒険者、最低ランクの冒険者の仕事は『薬草採集』である。町から離れた森に入って、その森に自生している薬草を採集するのだ。

真昼間に大勢で乗り込むことも含めて、冒険とは言えない安い労働である。

それに従事しているFランク冒険者たちは、およそ二通りに分かれる。まだ冒険者になったばかりの若者か、あるいは上に行くことを諦めた中年冒険者たちである。

前者より後者の方が評価は低い。食うに困らない稼ぎで満足し、底辺であることに甘んじる者たちへ向けられる視線は厳しい。ジョンマンも傍《はた》から見れば、そのうちの一人に過ぎなかった。

(子供のころはコレが嫌だったけど……今はそうでもないな。やっぱりこの仕事を選んで正解だった)

ジョンマンは世間からの評価を考えない。目的が暇潰しであるためそこまで熱心でもないが、サボることなく薬草を採集していく。

他の冒険者たちと紛れて、まったく見分けがつかないほどであった。そんな彼に、声をかける者が現れた。受付を手伝っていたはずのコエモである。

「ジョンマンさん、ここにいたんだ！　捜しましたよ！」

「え……来たの？」

「はい、受付が混む時間は終わったので！　今からは、私も薬草を採集します！」

「あ、そう……」

「それじゃあ私はあっちで……」

「ちょっと待って、コエモちゃん」

ジョンマンはどうしても確認したいこともあったので、彼女を引き留めていた。

「……あのさあ、受付の時に君のお姉さんからものすごく睨《にら》まれたんだよ。まさかとは思うけど、俺の家に来たことを話してないよね？」

「そんなわけないじゃないですか。姉が怒ってたのは、ちょっと違うんですよ」

コエモの方もそれを話したかった様子であり、ジョンマンへ愚痴を言い始めた。

「父や姉は、貴方が家を買ったことや、家に入れる家具も買ったことを、町の人から聞いたみたいで
……」

「まあ狭い町だからな……」

「父は『あいつそんなに金あるのかよ！　もっと落ちぶれていればよかったのに！』って怒っていて。姉は『お金を持ってるってことは、能力があるってことよね？　それなのにFランク冒険者になるってことはやる気がない証拠だわ』って怒るんですよ！」

「……ヂュースの奴、俺のことをそこまで下に見てたのか。でもまあ、君のお姉さんの怒りはごもっともだな」

「でも気持ち悪くないですか？　人のアラを探して怒るのって、どうかと思います！」

（それを言うなら、他の人が薬草採集をしている状況で、大声で家族の愚痴を言う君もどうかと思う）

ジョンマンが周囲を見れば、Fランク冒険者たちがコエモを白い目で見ている。中には迷惑そうに舌打ちをしている人もいた。

「それにですよ？　父と姉は貴方が寝るところもないぐらい困っていて、必死になって働かないといけないような状況であることを願ってるんですよ？　ひどくないですか？」

「……まあ、それはそうだな」

「ジョンマンさんが実際にそういう状況だったら、父は『アイツ寝るところもないのかよ！　やっぱりな！』って言って、姉は『能力がないのならFランク冒険者でもしょうがないわね』って言うんですよ」

「それは確かにひどいな……」

ここでジョンマンは、受付嬢とヂュースが話をしているところを想像した。猫がいるだけの自宅と比べて、なんともにぎやかだ。

「でもまあ、どうであれ家族がいるって羨ましいよ……」

「そんなにいいものじゃないですよ、うちの家族って」

「それは持つ者の贅沢な悩みだよ」

「それならジョンマンさんも、王都にいるお兄さんやご両親に会えばいいじゃないですか」

「……そうだね、俺が悪かったよ」

コエモの言うことは、いちいちもっともだった。ジョンマンには一応家族がいて、どこにいるのかはっきりわかっているのだ。長旅から帰ったのなら会いに行くべきだろう。

にもかかわらず会いに行かないのは、彼の気分が乗らないからだけである。

そんな男が『家族がいて羨ましい』と言っても、まったく説得力がない。

「とにかくうちの家族は、悪い意味で田舎者なんですよ。排他的というか、嫉妬深いというか。姉もそうですが、父なんて特にひどいんです！」

「それぐらいは勘弁してあげようよ。君のお父さんは、そういうところを補って余りあるくらい立派なお父さんじゃないか」

コエモの分析を認めつつ、ジョンマンはヂュースを擁護していた。

「冒険者という危ない仕事を、俺と同じ年齢になっても続けて、家族を養っている……同い年だからこそ尊敬できるね」

町一番の冒険者、初のダンジョン攻略者という名誉を得つつ、家庭を持って平和に過ごしている。冒険に人生を捧《ささ》げてしまったジョンマンからすれば、眩《まぶ》しいほどの生き様だ。

「そうです。正直尊敬していますよ。町に盗賊が来た時も、率先して戦ってますし」

コエモは恥ずかしがっているのか、照れながらも父を褒めていた。

「そうだろうそうだろう……ん？　町に盗賊？　このミドルハマーに、盗賊？　こんなド田舎に、わざわざ盗賊……？　いや、なくもないか？」

ジョンマンは十五歳までこの町で暮らしていた。その間、町が盗賊に襲われたことは一度もなかった。

彼が盗賊に襲われる町を見たのは、旅に出た先でのことであった。大きな町が大勢の盗賊団に襲われるところに、何度も遭遇している。なので彼の認識では、盗賊に襲撃される場所というのは襲われるに足る大きな町で、町を襲撃する盗賊というのも大規模なものであった。

一瞬の違和感を覚えるが、小さな町を小さい盗賊団が襲うというのなら、ありえなくはないかと納得していた。

「最近はなんだか治安が悪いらしくて、この町も何度か襲われているんですよ。一度に十人ぐらいで攻めてくるので、父と高ランク冒険者たちが撃退しています」

「……この町を、何度も？　何のために？」

「なんか、父が一度撃退したら、逆恨みをしたみたいで……」

「しょうもない……」

ジョンマンはあまりの小物さに、失笑を漏らした。

「田舎だなあ……ふふふ」

「笑わなくてもいいじゃないですか、もう」

この田舎町で起きている『一大事』のしょぼさに、ジョンマンは安心した。改めて、退屈な田舎に帰ってきたのだと実感できる。

「さあて……それじゃあお互い、薬草採集の仕事に入ろうか」

「そうですね、私も頑張ってお仕事をしないとお金が貯まりませんし」

いよいよ二人が仕事に戻ろうとしたところで……。

森から離れた町の方から、異常事態を告げる警鐘が聞こえてきたのであった。

※

ミドルハマーには三階ほどの高さがある木造の見張り台があり、見張り番が常駐している。

最近はどういうわけだか付近の治安が悪い。ド田舎であるこの町にも、頻繁に盗賊が来るようになっていた。

普段はやる気のない見張り番たちも今は真剣になっており、この日も盗賊の襲撃にすぐさま気付いていた。

「……と、盗賊だ！　いつもより多いぞ！」

見張り番は見張り台に取り付けられている警鐘を、思いっきり鳴らし始めた。

非常事態を告げる鐘の音を聞いて、ミドルハマーの住人たちは騒然とする。一般人たちは自宅に逃げ込み、鍵をかけて息をひそめる。

高ランク冒険者たちはしっかりと武装をしたうえで、盗賊を迎撃する態勢に入っていた。

「最近は物騒だからということで、高ランク冒険者を町に待機させておくという作戦が、当たってしまいましたね」

「ああ、まったく面倒な話だ」

町一番の冒険者であるギュースも、他の高ランク冒険者に囲まれながら、真剣な表情で武装を確認していた。

普段の荒い言葉遣いは消え、年齢相応、実力相応の振る舞いに変わっていた。

「来たからには文句を言ってられん。迎え撃つぞ」

「「おうっ！」」

ギュースの鼓舞に応えるように、高ランク冒険者たちは勢いよく返事をしていた。ベテランであればあるほど、その意気は高かった。

「……ヂュースさん、今回も勝てますよね？」

安心を求めてか、高ランク冒険者の中では若手に入る者が軽口をたたく。

現在の状況や己の立場をわかっていない若手に対して、ヂュースは叱咤《しった》した。

「普段なら失敗しても死ぬのは自分だけだ。今は町全体の命を預かっている。絶対に勝つぞ」

ＳＳＳランクを名乗る彼は、それにふさわしい絶対的な威厳を持っていた。

周囲にいる他の高ランク冒険者を引き連れて、木製の防壁の外へと出る。そこには何十人もの盗賊が町のすぐ前で待ち構えていた。

「ふぅ……で？　お前らは誰にやられたんだ？」

「は、はい！　あそこのオヤジです！　ほら、上等そうな剣と盾を持ってる、あの！」

「ほぉ～～……」

盗賊の中に、ひときわ目立つ男が一人いた。他の全員がなにがしかの武器や防具を身に着けているにもかかわらず、その男だけは汚れた普段着のような格好をしている。

他の盗賊たちはその男に怯《おび》えており、そのうえで頼っているように見えた。間違いなく盗賊たちの頭目であろう。

「わかった、それじゃあお前ら全員で襲い掛かれ」

ヂュースを舐めまわすように観察してから、頭目は部下へ冷酷な命令を出していた。

「え、ええ!? そ、そんな、俺たちじゃあ勝てないから、ゾウオウ様に来てもらったのに……!」

「ああ?」

ゾウオウと呼ばれた盗賊の頭目は、文句を言ってきた部下の胸ぐらをつかんで詰め寄る。

「なんか勘違いしてないか、お前ら。俺はなあ……お前たちがやられたことへの仕返しに来たわけじゃねえ。しょぼくさい田舎町一つに手こずってる、お前たちへのペナルティとして来たんだよ」

ゾウオウは自分の目でギュースの装備や、ミドルハマーという町を確認した。その低レベルさと、そんな町から略奪することもできない不甲斐《ふがい》なさに怒っていた。

「これが最後のチャンスだ。いいか、俺の手を煩わせるな。もしも俺が指一本でも動かす羽目になったら、あとでどうなるかわかるな?」

「は、はい……!」

部下たちはゾウオウにギュースを倒してほしかったようだが、そんな甘い話はなかった。むしろ自分たちを追い込む形になっていた。

部下たち全員が武器を抜き、高ランク冒険者たちに近づいている。

必死の形相《ぎょうそう》と人数差に、思わず怯《ひる》みそうになる高ランク冒険者たち。そんな中でギュースは前に出ていた。

「この程度なら、俺一人で十分だ。お前たちはこのまま門を守っていろ」

仲間が全員無事な状態で、わざわざ一人で倒すというギュース。ソロに慣れている彼は、その方が安全だと確信しているようだった。

「さっさとかかってこい、相手をしてやる」

盾と剣を手に、ギュースは盗賊たちを挑発した。

盗賊たちはゆっくりとギュースを包囲し、一気に襲い掛かり始めた。

「こいつを片付ければあとは雑魚《ざこ》だ……！」

「全員でかかればイチコロだ！　いくぞ！」

「ふぅ……！」

何十人もの敵から一気に襲い掛かられるという危機的状況であったが、ギュースはそれを『普通』に対処していった。

盾で防ぐ、剣を振る、後ろに下がって回避する、前に出て制する。単純すぎる動きの組み合わせだけで、あれよあれよという間に全員を地面に倒していた。誰一人死んではいないが、かなりの傷を負っている。もう戦うことはできないだろう。

瞠目《どうもく》すべきは、ほとんど左右に動かなかったこと。狭い通路のなかで戦うことに慣れているからであろうが、それでも縛りであることに変わりはない。そのうえで完勝するのは、さすがの名人芸だった。若手高ランク冒険者は、初見でもないのに感嘆してしまう。

「何度見てもすごい……。これが初めてのダンジョン踏破者……」

「おうよ。ギュースは別に、力が強いわけじゃないし、足が速いわけじゃないし、剣技に長《た》けてるってわけでもない。アイツの長所は、立ち回りの巧みさだ。もちろん最初からああだったわけじゃねえ、ソロでしか行けない深い階層に入るため必死で練習した成果さ」

ギュースと同年代の高ランク冒険者は、誇らしげにギュースの強さを解説する。

「ダンジョンの深い階層には、猫みたいに小さいくせして人間を食い殺すような、強力なモンスターがゴロゴロいる。そんなのがひしめく狭い通路を、アイツは一人で潜り抜けてきた。盗賊に包囲されたって、あの通りだぜ」

世の中の大抵の冒険者が名ばかりの中で、数少ない『冒険を達成した』冒険者。周囲から尊敬を集める彼には、相応の実力があった。

「アイツは強い、俺たち全員よりもな」

若手や熟練冒険者が見守るなか、ギュースは更に歩みを進める。いよいよ盗賊の頭目、ゾウオウとの戦いであった。

（やっぱりな。俺の戦いぶりを見ても、全然怯えてねえ。自分は今の雑魚とは格が違うぜって顔してやがる）

ギュースは目の前の男が、今の下っ端より圧倒的に強いことを見抜いていた。それでも彼は、一人で歩みを進める。

（上等だ……お前が俺より強かったとしても、勝つのは俺だ！）

ギュースの『ダンジョン最下層への冒険』は、決して順風満帆だったわけではない。大ケガをすることもあったし、危うく死にかけたこともしばしばだ。自分より強いモンスターに挟まれることさえ頻繁に起きていた。

それらを越えて、彼はダンジョンを踏破した。今の彼には、冷静さと自負が同居している。相手が自分より強かったとしても勝てるはずだった。

「覚えておけ盗賊ども、俺の名前はギュース。この町一番の、ＳＳＳランク冒険者だ！」

ダンジョンの最奥に眠っていた、ダンジョンシンボルの刻まれた剣。それを振りかぶって、ゾウオウに切りかかる。

モンスターにも致命傷を与えるはずのその剣を、彼は避《よ》けようとしなかった。

ゾウオウは代わりに、自分の腕を前に出した。普通ならばその腕は切り落とされ、そのまま頭もカチ割られていただろう。しかしゾウオウの腕は、ギュースの剣を受け止めていた。

「な……！」

「なにがＳＳＳランクだ……舐めてんのか、おい！」

ゾウオウは苛立ちながら、もう片方の手で剣を横から殴る。ただそれだけで、ギュースの人生の誇りともいうべき剣はへし折られていた。

立ち回りや駆け引きでは埋まらないほどの、圧倒的な実力差がそこにあった。それを理解してしまったギュースは、硬直して動けなくなってしまう。

「雑魚の分際で、粋がってるんじゃねえ！」

男は更に激高し、ヂュースの顔面をぶん殴る。ヂュースはなすすべもなく吹き飛び、血をまき散らしながら地面に転がった。

「ああ〜〜……かったるいなあ！」

ゾウオウはそれでも収まりきらず、呆然《ぼうぜん》としていた他の高ランク冒険者たちを睨んだ。普段からダンジョンに潜り、危険と隣り合わせの生活をしているはずの彼らも、その一睨みで動けなくなってしまう。

ゾウオウはぞんざいに近づき、動けなくなった者を順番に叩《たた》きのめしていく。

「俺はお前たちになんて命令した？」

高ランク冒険者を打ちのめす間、彼は地面に倒れている自分の部下への不満をぶちまけていた。

「適当な町を襲って金目のもんを奪ってこいって、そう命令したよなあ!?」

ヂュースに倒された盗賊たちは、傷の痛みを忘れて立ち上がっていた。

「は、はい！　その通りです！」

彼らにはわかっているのだ。冒険者たちを叩きのめしているのは、自分たちへの見せしめだと。

ヂュースの手を煩わせてしまったことによって、あとで自分たちも同じ目に遭うのだと。

「それで!?　金目のもんがなさそうなチンケな町を襲って!?　そのうえ撃退されました、仲間が殺されました、仇《かたき》を討ってください!?」

この町を守っていた冒険者たちを全員倒したところで、ゾウオウは最初に倒したヂュースの元に向かっていく。

「ド田舎でデカい面《つら》してるだけのゴミクズごときに、いちいち俺を呼ぶんじゃねえよ！　こんな雑魚ぐらい、お前らで片付けろや！」

倒れているヂュースを、ゾウオウは追撃とばかりに蹴り上げていた。ヂュースは更なる負傷に苦しみ、血を吐き続けている。

「俺はもう何もしねえ。そいつらを全員殺して、町からも奪えるだけ奪ったら火をつけろ。それぐらいならできるだろ？　折檻《せっかん》はそのあとだが……手抜きしたら、わかってるよな？」

「はいっ、ゾウオウ様！」

ゾウオウは嫌そうに腕組みをして、部下に指示を出した。部下たちは傷の痛みに耐えながら、倒れている冒険者たちを殺そうとする。

（わかってはいたさ。俺なんて世間じゃ雑魚だって、言われるまでもなくわかってたさ。でも誰に迷惑をかけたわけじゃないのに……これはないだろ！）

ボロボロのまま横たわるヂュースは、これから待つ運命に涙していた。自分が死ぬことは仕方ないが、自分の暮らしていた町が焼き払われるなど耐えられなかった。

ゾウオウの部下たちは、そんな傷心に寄り添うことはない。我が身可愛さからゾウオウの命令を実行しようとする。

「そこまでだ」

「へごひゅっ!?」

ギュースを殺そうとした盗賊は、落下するかのような速度で真横に吹き飛んでいった。

崖に接触しながら落ちていく死体のように、地面にぶつかりながら回転していき、バラバラになって動かなくなった。

「悪いなギュース、遅くなった」

彼に代わってギュースの前に立っていたのは、Fランク冒険者であるはずのジョンマンだった。

ギュースや他の盗賊たちは、あまりのことにあっけに取られている。

「お、お父さん!?　そんな、そんな……」

そんな盗賊たちの間を通って、焦ったコエモがギュースに駆け寄る。ボロボロになって地面に倒れている父の体を見て涙を流していた。

「こ、コエモ……!?　なんでここに……」

「悪い、俺についてきたみたいだ」

「ふ、ふざけんな……こんな時に……!」

娘をこんな鉄火場に連れてこられては、ギュースも怒鳴るしかない。ジョンマンも自覚しており、困った顔でコエモを見ていた。

「な、なんだコイツ!?」

「ど、どうする!?」

盗賊たちはコエモなど見ようともせず、いきなり現れたジョンマンに困惑していた。

今の一撃を見ただけでも、自分たちの手に負えないことがわかってしまった。不興を買うことは理解しつつもゾウオウの反応をうかがってしまう。

「なんだ、その目は」

部下たちの想像通り、ゾウオウは不愉快そうな顔をしている。

「俺がさっきなんて言ったのか、もう忘れたのか？」

ゾウオウにはジョンマンと戦う気がなく、逃げ出す部下がいるのなら殺すつもりだった。彼の力を借りずにジョンマンを倒す以外に、盗賊たちが生き残る目は無い。

「く……！」

コエモを人質にして殺そうと考えた盗賊の一人が、ギュースに寄り添っているコエモへ手を伸ばした。

「コエモちゃん、そこを動かないでね」

「え？　あ、はい……」

コエモを捕まえようとした盗賊の顔面に、ジョンマンの裏拳が命中していた。首を不自然な方向へ曲げながら、盗賊は痙攣《けいれん》しながら地面に倒れた。

仲間の死を見て恐慌状態に陥った盗賊たちは、ギュースに襲い掛かった時よりも必死でジョンマンに斬りかかる。

「う、うおおお！　がっ⁉」

「ちくしょう、ちくしょう！　ひぎゃあ！」

先ほどヂュースが受けた攻撃と同じであったが、ジョンマンの対処法はまったく違っていた。

斬りかかってくる剣を素手《すで》ではじき返し、それぞれの顔面に食い込ませていたのである。自らの刃を顔に受けた盗賊たちは、そのまま地面にひっくり返って動かなくなった。

「ジョンマンさん、こんなに強かったんですか……？」

「まあね」

コエモは涙が引っ込むほどびっくりしていたが、ジョンマンは適当に返事をしてゾウオウを向いた。

「ここまで使えない奴らだったとはな……ああ、あああああ！」

部下が全員死んだところを見て、ゾウオウは不機嫌極まっていた。悲しいわけではない、自分が面倒なことをしなければならないことに苛立っていたのだ。

「ゴミ、ゴミ、ゴミ！　どいつもこいつも……俺をイライラさせるだけじゃねえか！」

他の盗賊と比較にならない強さを持つゾウオウが、嫌々ながらも動き出す。

「……ジョンマン。町に行って、全員に逃げろと言え！」

ヂュースは血を吐きながら叫んだ。

「……は？」

「町には……家族がいるんだ！」

声を出すのも激痛が伴うなかで、ギュースはなんとか立ち上がろうとしている。自分が逃げようとしているのではない。コエモやジョンマン、町の人々が逃げる時間を少しでも稼ごうとしているのだ。

「お、お父さん、動いちゃだめだよ！」

「コエモ……ジョンマンと一緒に行け……俺のことは諦めろ……！」

最後の最後まで最善を尽くそうとする、偉大な冒険者の姿。ジョンマンは感嘆を禁じ得なかった。

「お前は本当に格好いいな、ギュース。さすがはＳＳＳランク冒険者だ」

逃げるどころかギュースとコエモを守るように、ゾウオウへと向かっていく。

一切の恐怖はなく、かといって闘志もない。その平静な姿に、ゾウオウはこれ以上ないと思っていた怒りを更に高ぶらせる。

「お前ら田舎者は、どれだけバカなんだ？」

ゾウオウはジョンマンの立ち回りを見ても、脅威とは思わなかった。むしろ部下を殺すところを見たからこそ、ジョンマンの実力を見切っていた。

ギュースと大差ない田舎の腕自慢。自分の足元にも及ばない雑魚。自分と部下を混同する目の腐ったゴミ。

「てめえは念入りにぶちのめす、その舐めた態度をこれでもかって後悔させてやる」

殺すだけではこの苛立ちは収まらない。思いつく限りの苦痛を与えて、じわじわとなぶり殺す。

ゾウオウは充血した目でジョンマンを睨みながら、剣をもへし折る剛腕を振るった。

ジョンマンはあっさりと回避し、逆にゾウオウの顔に拳をめり込ませる。

「お、おごっ⁉」

目を白黒させ、鼻血を流しながら、ゾウオウはあとずさりをする。何が起きたのか、まったくわからない様子だった。

「な、あ？」

自分が殴られたと自覚するまで、ゾウオウは無防備だった。そんな姿を、ジョンマンは冷ややかに観察している。

「て、てめえ！」

殴られたと自覚したゾウオウは、激情に任せて再度剛腕を振るう。しかしそれも回避され、腹部に膝蹴りを入れられた。

「ご……お……」

呼吸ができなくなり、苦しさでもだえる。体をくの字に曲げて、息を吐く代わりに胃液を吐いていた。

（バカな……。こんな、こんなことがあってたまるか！）

話にならないほど弱いと思っていた雑魚が、実際には計り知れないほどの強者だった。

弱者をいたぶってきた自分が逆にいたぶられることとなり、ゾウオウは恐怖によって怒りを保てなくなっていく。

「ジョンマンさん、強い……」

父がすぐそばで倒れているにもかかわらず、コエモは思わず感嘆の声を漏らした。

「アイツ……ここまで強かったのか」

ヂュースも娘と同じように、ジョンマンの強さに驚いていた。

ゾウオウは二人の驚きを見て、再び怒り狂う。

「ふざ、ける、な！　こんな町にいる奴が、強いわけがない！」

呼吸さえ辛《つら》いなかで、声を絞り出す。自分を差し置いて田舎者が称賛されるなど、あってはならないことだった。

「まだ頑張るのか……」

抵抗を続けようとするゾウオウを、ジョンマンは相変わらず冷ややかな目で見ていた。実力差がわからないのか、という心中がありありと顕《あらわ》れている。

「……いいだろう、こんなチンケな町の住民にはもったいないが……本気を見せてやる！」

ゾウオウは血まみれの顔で不敵に笑い、呪文を唱え始める。それを聞いて、ジョンマンの眉が少しだけ動いた。

「ラグナ……ラグナ・ロロロ・ラグナ」

ゾウオウの背後に魔法陣が描かれ、中心から光り輝く鎧が召喚された。

「ワルハラ……ヴォーダーン！」

鎧は自ら分割し、ゾウオウの体に装着されていく。肩当て、胸当て、篭手《こて》や足甲。それらを装着したゾウオウは、一気に存在感を増していた。

「……『エインヘリヤルの鎧』か」

ジョンマンはそのスキルを知っていた。『エインヘリヤルの鎧』とは、あらゆる属性に耐性をもち、またあらゆる状態異常を撥《は》ねのける、最強の鎧を召喚し装着するスキル。

数ある接近戦用スキルの中でも、最強とされるものであった。

「そうだ！　お前ごときでは、傷一つ付けられまい！」

コエモもギュースも、スキルというものがあることは知っていた。しかしド田舎であるミドルハマーでは、お目にかかることのない代物《しろもの》である。

「スキル⁉　本当にあったのか⁉」

「初めて見た……！」

緊張で顔をこわばらせた二人を見て、ゾウオウは愉快そうに口角を上げた。

「そうだそれでいい、俺を見るのならその目だ！　お前も……⁉」

ジョンマンが驚いたのは一瞬のことで、すでに冷ややかな顔に戻っている。自分を脅威とみなしていない態度を見て、ゾウオウの脳内に悪い予感が浮かんでいた。

「お前今、俺もスキルを温存しているかも、と思ったか？　その通りだ」

ジョンマンは、奇《く》しくもゾウオウと同じ呪文を唱え始める。

「ラグナ……ラグナ・ロロロ・ラグナ」

ゾウオウの時と同じように、ジョンマンの背後に魔法陣が描かれる。ゾウオウの物よりもまばゆい鎧が出現した。

「ワルハラ……ヴォーダーン！」

ジョンマンの全身を、神々しい鎧が覆っていく。顔以外の露出はなくなり、隙間なく装甲に守られていた。

まるで神話の絵画のような威容。デュース、コエモ、ゾウオウはそろって見惚《みと》れている。

「ん……で、やるか？」

神々しい姿になったジョンマンは、しかし覇気のない顔をしていた。仮に降参したら、受け入れてしまいそうですらある。

ゾウオウはそんな印象を受けても、直後にその考えを振り払おうとする。

「お、お、おおおお！」

ゾウオウは地団太を踏みながら、雄たけびを上げた。

ずんずんと凄《すさ》まじい音がし、大地が揺れる。ゾウオウの持つ力が、溢れ出そうとしている。

「……早く来いよ」

ジョンマンはその姿を、自分の家に住み着いていた猫たちと重ねた。弱い自分を理解しつつも己を奮い立たせて、相手が逃げてくれることを祈りながら威嚇している姿だ。

「おおおおああああああ！」

ゾウオウは怒りを失い、ただ必死の形相でジョンマンに襲い掛かった。ジョンマンの全身を、何度も何度も殴っていく。

ゾウオウの装甲とジョンマンの装甲がぶつかり合った。火花が散り、空気が揺れた。何度も何度もそれが続き、直近で噴火が起きているかのようだった。

ジョンマンはその猛攻に対してなすがままであり、防御も回避も反撃もしなかった。

ゾウオウの必死の猛攻も、ジョンマンを動かすどころか体勢を崩すことさえない。

「ぜ、ぜひゅ……お、お……あ……」

ついに力尽きたゾウオウは、直立を維持できなかった。猫背になり、汗だらけの顔でジョンマンを見上げている。相変わらず熱のない、燃え尽きたあとの『灰』のような顔だった。

(今俺がこいつを蹴ったら、まあぶっ飛ぶんだろうなあ……)

先日冒険者ギルドでデュースやその仲間に挑発された時、ジョンマンは暴れようかと思った。その時はやらずに終わったが、今はやらなければならない場面だった。

ジョンマンはうんざりした顔で、わざと装甲に守られているゾウオウの胸を蹴り上げた。ただ一発の蹴りでゾウオウは宙を舞い、回転しながら落下した。受け身も取れないまま地面に衝突してもだえている。

「おっ……あっ……」

言葉を発することもできず、痛みにもだえるしかない。

ゾウオウは苦しみの中で、自分に近づいてくるジョンマンに気付いた。覇気のない顔をしていたが、自分にとどめを刺そうとしていると悟ってしまう。

「あ、あ！」

ゾウオウは奇声を発した。それは彼が我に返ったからではなく、虚を突こうとしたわけでもない。とある『刺激』に声が出てしまっただけである。

「お前、絶望したな」

そしてジョンマンは、「刺激」の原因を見抜いていた。

「エインヘリヤルの鎧は、神が勇士に授ける鎧だ。そして神は、絶望する者を勇士とは認めない」

神が勇士に与える、最強の鎧。それを身に着けている者は、勇士でなければならない。そして神の基準において勇士とは、戦場においては何があっても心の折れない者だ。

エインヘリヤルの鎧を着ている間に絶望し心が折れた時、ペナルティが発生する。最強であるはずの鎧は装着者を直接攻撃し、再起不能になるまで痛めつけるのだ。

「あ、ぎゃあああああああ！」

絶叫が始まった。ゾウオウは自らの鎧から攻撃を受け、のたうち回った。彼は逃れようともがくが、まったく脱ぐことができない。ジョンマンに殺されていた方がマシ、という苦しみが彼の体を塗りつぶしていく。

あまりにも典型的な、力におごり高ぶった者の末路。まさしく天罰が下った様を、コエモとデューースは見ていることしかできない。

ほどなくしてゾウオウは動けなくなり、町に攻め込もうとした盗賊たちは全員倒された。ミドルハマーは救われ、デュースと彼と高ランク冒険者たちは救助されたのである。

※

盗賊団によるミドルハマーへの襲撃から一週間後、町の門の前に兵士の一団が訪れていた。

付近にある大きな町から派遣されてきた彼らは、再起不能になったまま拘束されているゾウオウを王都に移送するために来たのである。

ミドルハマーにいるかぎり、まずお目にかかることのない本物の『軍隊』。彼らを一目見ようと、ミドルハマーの住人たちは町の門近くに集まっていた。

野次馬に混じって、高ランクの冒険者たちもその引き渡しを見つめていた。

ゾウオウに倒された彼らは、命だけはつないだものの現役への復帰は望めない。自分たちを引退に追い込んだ怨敵《おんてき》の引き渡しを見届けようと、ボロボロの体のまま真剣な眼差《まなざ》しを向けている。

本当なら法の裁きに任せるのではなく、自らの手で始末をつけたいだろう。今移送しようとしている兵士たちへ、そう抗議したい気持ちもある。しかしそれが実行に移されることはなかった。

粗末な荷車の上で寝かされているゾウオウは、先日に猛威を振るった人物と思えないほど弱っていた。筋肉も骨も衰えに衰えており、身動きすらままならない。

報復する必要もないと判断されるほどに、ゾウオウは惨めな姿をさらしていたのだ。

「貴殿がハウランド殿の弟君、ジョンマン殿ですね！　この度は盗賊団を壊滅させたうえ、ゾウオウを拘束してくださり、ありがとうございます！」

「このゾウオウという男は、付近の町や村に甚大な被害をもたらしていたのです。被害を受けた者たちに代わって、感謝を」

「……どうも」

ゾウオウを捕縛したということで、ジョンマンはこの引き渡しに立ち会うことになっていた。仕方ないので引き受けたが、面倒そうな顔をしている。

兵士たちはジョンマンの態度に気付かず、本人へ感動を伝えていた。

「聞けばジョンマン殿は、このゾウオウ以上の『エインヘリヤルの鎧』の使い手だとか！　さすがは近衛騎士長たるハウランド殿の弟君ですね！」

「……？」

兵士の発言に不思議なところがあったため、ジョンマンは首を傾《かし》げた。

「ふ、不愉快にさせてしまいましたか？　ハウランド殿を引き合いに出したことが不愉快だったのであれば謝らせていただきます！　別にあなたを軽んじたわけでは……」

「ああ、いや、そうではなく……もしかして兄も『エインへリヤルの鎧』を使えるのですか？」

「おや、ご存じないのですか？　貴方の兄であるハウランド殿は『エインへリヤルの鎧』を習得したことによって、近衛騎士長に取り立てられたのですよ」

「そうでしたか……」

実兄であるハウランドが近衛騎士長になっていることは聞いていたが、その大出世が『エインへリヤルの鎧』を習得したからということは初めて知った。

(スキルの習得法を教えてくれる人もいないだろうに……よく習得できたな、兄貴)

幼いころから優秀で勤勉だったが、ここまでとは思っていなかった。

ジョンマンはまだ兄に再会していないが、知れば知るほど評価が上がり続けている。

「我らに同行いただければ、ハウランド殿にお会いできると思いますよ。いかがですか？」

「あ～、いや、やめておきましょう。弟でしかない私がでしゃばりすぎると、兄も仕事をやりにくいでしょうからね」

「ははは！　そんなことはないと思いますが……謙虚な姿勢ですね！」

(単にこの町を離れるのが面倒なだけなんだけど……)

兵士たちは感動を抑えて、移送任務をこなそうとした。

荷車に寝かされているゾウオウに、厳しい顔で話しかける。

「ゾウオウ、聞いての通りこのまま王都に連行させてもらう。そこでは厳しい取り調べがあり、お前の悪事をすべて吐き出させる。ここで町の人々へ謝罪をするのなら、多少の配慮をしてやろう」

この場で謝罪をしても、罪が軽くなることはない。それでも謝罪したい気持ちがあるのなら言わせる。町の人々の心も、少しは軽くなるだろう。

兵士の気持ちは、その程度のものだった。

ゾウオウはその想《おも》いを裏切って、再起不能になった体で笑った。

「はははははは！　ゴミども、何を勘違いしている！　俺が終わっていると思ったか？　終わったのはお前たちの方だ！」

反省の色などまるで見せず、呪いの言葉をぶちまけていた。

「俺は、盗賊団の頭目ではない！」

問題が解決したと思っていた者たち全員へ、恐るべき真実を伝える。

「盗賊団の頭目は……ラックシップ様だ！　この俺よりはるかに強い、神の如《ごと》きお人よ！　そのラックシップ様が、右腕であるこの俺が捕まったと知ればどうすると思う？」

満身創痍《まんしんそうい》の身でありながら、ゾウオウは勝ち誇る。

「捕まっている俺を助けるだけじゃねえ、俺をこんな目に遭わせたゴミどもにもふさわしい目に遭わせてくれるだろうよ！」

「その続きは、王都で話せ」

ここで兵士は、ゾウオウの口に縄を噛《か》ませた。ゾウオウの言葉を真実だと認め、早急に報告する必要があると判断したのだ。

「ジョンマン殿、私どもは予定通りこの者を王都に移送します。ですがご安心を。今の話が本当だとしても、ハウランド殿が出動なさり解決してくださるでしょう」

ラックシップとやらがどれだけ強いとしても、ハウランドの方がはるかに上。兵士はそう信じ切っていた。

※

ドザー王国国内の木々が生い茂る深い森の奥に、波一つない穏やかな湖があった。

人里の喧騒から遠いはずだが、なぜか十人ほどの子供たちがいた。十五ほどの少年もいれば、十にもなっていない少女もいる。

子供たちは湖の周りを走っている。誰もが必死の顔でただぐるぐると回り続けており、遊んでいるようには見えない。

「できるだけ走れよ～、歩いてもいいけど止まるなよ～」

湖のほとりに腰を下ろし、子供たちへ指導の声を出している男がいた。

白髪交じりで、顔にはしわがある。年齢は五十ほどだろうと察しはついた。

その一方で体はたくましく、多くの傷が刻まれている。現役の戦士と言われても信じるほどの威厳があった。

「はっはっは！　頑張れ頑張れ～！」

子供たちを応援する姿は悪人には見えないが、それでも彼こそが盗賊の頭目、ラックシップであった。

盗賊たちが慌てた様子で、彼に近づいてくる。

「ラックシップ様、大変です！　ゾウオウさんがとっ捕まって、王都に連れていかれたって話です！　正直信じられないですけど、本当だったらヤバいですよ」

「へえ、アイツが捕まったのか。で？」

ラックシップは子供たちを見続けており、部下たちの方には見向きもしなかった。

慌てている部下に対して、なぜ興奮しているのか不思議に思っているようですらある。

「でって……ゾウオウさんは、アンタの右腕でしょ!?　助けようって思わないんですか！」

「俺の右腕はここにあるぜ、他には一本もねえよ」

ラックシップはふざけた様子で、自分の右腕をプラプラとさせた。

「っていうかよお、アイツそんなことを言ってたのか？　気持ち悪いな、他人の右腕を自称するなんてよ。許可ぐらい取ってほしいもんだ」

「……本気で助けないんですか？」

「当たり前だろ？　盗賊が捕まるなんて普通のことだ、いちいち騒ぐ方がおかしいとは思わないか？

そんなに捕まりたくないなら、最初から盗賊にならなけりゃいいだろ」

ごもっともすぎる正論に、部下たちは一度黙ってしまった。しかしすぐに反論を開始する。

「でも、このままじゃあ俺たちの面子《メンツ》が立たない！　周りから舐められますよ、いいんですか⁉」

「はははは！」

部下たちの反論が面白いのか、ラックシップは腹を抱えて笑い出す。

「盗賊に、面子なんてねえよ」

盗賊たちの頭が、あろうことか盗賊を卑下していた。

「健全に暮らしていらっしゃる人々を襲って金品を奪う奴が、面子なんて上等なもんを気にしてどうするんだ？　他にもっと気にすることがあるだろ。法律とか良心とか、将来のこととか……老後とかな！　はははは！」

今まさに老後を控えているラックシップは自虐しつつ大笑いする。

「で、ですが……助けに行かなかったら、ゾウオウさんはアジトのこととかゲロっちまうんじゃないですか？　そしたら兵士とか騎士とかが、攻め込んでくるかも……」

ここでラックシップは、自分の胸元に手を伸ばした。そこにはゴマの花が描かれた、銀のメダルがある。

アリババ40人隊の仇敵《きゅうてき》、世界的犯罪者集団、セサミ盗賊団幹部の証であった。

「こんなド田舎の国の騎士や兵なんて、どうってことねえだろ。むしろ待ってるだけで攻めてくるんなら、ありがたいことじゃねえか。その時は相手をしてやるよ」

　絶対的な実力者は、それ故に危機感を持たなかった。何一つ対策を講じようとすることはなく、ただ好々爺《こうこうや》のように振る舞うばかりである。

第二章　旧縁

ゾウオウの引き渡しをした翌日。自宅で目を覚ましたジョンマンは、気だるそうにしていた。そろそろ仕事に行くべき時間なのだが、出発する気配はなかった。

「ああ……だるい」

肉体的な疲労はほぼなかったが、引き渡しに立ち会ったことで精神的に疲労していたのだ。

「まあしょうがないけども……やる気出ないし、今日は休むか」

町を守るためというよりも、ギュースを守るために戦った。後悔はないが、嫌な気分になっていることも事実だ。

改めて思うのは、ミドルハマーのようなド田舎《いなか》に、なぜゾウオウのような強者が来たのかということだ。本来ならギュース一人でもこの町を守るには過剰なぐらいの防衛力なのに、それを超過する者が現れるなど異常事態にもほどがある。

「あれぐらい強いんなら、もっとでっかい町を襲えよな〜〜。……費用対効果を考えろよ、マジで」

ぶつくさ文句を言いながら、ベッドで寝転がり続けるジョンマン。少々お腹《なか》が空いているが、それでも面倒が勝ってゴロゴロしていた。しかし餌をねだる猫たちの鳴き声が聞こえてくると、起きざるを得ない。猫を飢えさせるのは不本意なので、ジョンマンは猫と自分の食事を準備する。

猫が餌を食べているところを眺めながら簡単な朝食を済ませたジョンマンは、今日の予定を決めた。

「今日は一日お前たちと遊ぶぞ～～」

Ｆランク冒険者というのは、安い仕事しかできない底辺労働者であるが、決まった時間に働く必要がないという利点もある。サボりまくっても注意されることはなく、Ｅランク冒険者への昇格が遅れるだけだ。ジョンマンは昇格する気が一切ないので、デメリットは一切ないということである。

「母猫一匹に子猫が四匹……さあて、どんな名前にしてやろうか」

ジョンマンは今日一日、猫と遊ぶことに決めた。さしあたり、それぞれに名前でも付けてみようと考える。

「猫の名前……タマだのニャーだのしか思いつかねえな。母猫は『ママ』とか『お母さん』でいいとして、子猫四匹には統一感のある名前をプレゼントしたいところではある。変に名前を付けると、俺が嫌だしな」

あ～でもない、こ～でもない、とうなっていたジョンマンは、いきなり硬直した。

「……待てよ、自分と猫しかいない家で、猫をママと呼ぶ俺……未婚の四十男、だと？」

その光景を第三者目線で想像したところ、ジョンマンの背筋に恐ろしい何かが走った。猫を恋愛対象、あるいは家族の代替品として見ているようではないか。他人に見られた場合を思うと、ジョンマンの胸は張り裂けそうになる。

「やめだ……他のにしよう。うん、それがいい」

ペットが家族ってそういう意味じゃないから、という形で自分をごまかすジョンマン。もしかしたら無意識にそれを望んでいるかもしれないが、悲しすぎるので否定していた。

「……っていうか、それ以前にどの猫も汚くて臭いんだけども」

飼い始めて十日は経過しているのに、餌をやる以外の世話をまるでしていなかったことにようやく気付いていた。

ジョンマンの家の猫たちは、いわゆる黒猫や白猫のような、単色の猫ではない。かといって、高級感の漂う長毛種でもない。サビと呼ばれるような、黒と茶色が混じる模様の短毛種であった。

それゆえ汚れが目立ちにくかったのだろう、と自己弁護する。

「猫は洗われるのが嫌いって言うが……本当かねえ……」

家の中で洗うと水がまき散らされるので、ジョンマンはすべての猫を桶《おけ》に入れて家の外に向かった。

表で桶に水を注ぎこみ、猫をまとめて洗い始める。

「ん、おお⁉　おお、本当に暴れるんだなあ……」

いきなり水を浴びせられたこともあって、猫たちは暴れて逃げ出そうとする。ジョンマンはあやすように水の中に戻していった。

何としても逃げ出そうとしていた猫たちだが、あまりにもジョンマンの手が早く強かったため、やがて諦めて、洗われることを受け入れていく。

「うわっ……家の掃除をした時の雑巾より汚いぞ」

初めて猫を洗うジョンマンは、水をみるみる黒く染めていく汚さに驚いていた。

一度水で洗っただけでは不十分で、三度ほど水を交換してようやく汚れが落ちきっていた。

「……濡《ぬ》れたままだからかね、綺麗《きれい》になった気がしない」

今度は乾かそうと思い、家の中からタオルを持ってきたところで声をかけられた。

「ジョンマンさん！　何やってるんですか？」

なぜか驚いている様子のコエモが、ジョンマンに近づいてくる。

「見ての通り、猫を洗ってるんだけど……」

「大きな町の兵士さんから感謝されたばかりなのに、次の日には猫を洗うなんて……」

「……言いたいことはわかるけど、俺だって疲れてるんだよ？　だから冒険者の仕事もサボっているんだし」

「……なるほど、確かにあれだけのことがあったら仕事も休みたくなりますよね」

水で洗われている時は暴れていた猫たちも、タオルで拭かれ始めると身を委《ゆだ》ねていた。余りにも気持ち良さそうなので、見ているコエモもやってみたくなってくる。

「ジョンマンさん、私もやっていいですか？」

「ん、まあ、いいけども」

家の中に連れ込むことに比べれば、家の外で一緒に猫を洗うことは大分マシであろう。少なくともいかがわしい雰囲気はない。

(いや、そうか？　感覚がマヒしていないか？)

これだけ年の離れた男女が二人っきりになっている、ということがすでにダメな気がしてきた。

ジョンマンは自分の感覚を正常化しようとしていたが、コエモはすでにタオルで猫たちを拭き始めた。

「うわあ……気持ちよさそう！　拭いてあげるこっちも気持ちよくなってきました！」

(何もおかしなことは言っていない。でも俺の心が汚れているからか、この状況が邪推されうるからか、ものすごくいかがわしいセリフに聞こえてくるな)

変な言い回しでも何でもないが、ジョンマンの心は苦しくなってくる。

楽しそうなので申し訳ないが、できるだけ穏当にコエモを帰そうとした。

「それでコエモちゃん、君の仕事はいいのかい？　まだ冒険者ギルドも忙しい時間だろ？」

「……あ、そうでした！」

ここでコエモは、猫を拭くのをやめて本題に入った。

「実は……母がジョンマンさんに会いたいそうなんです。恐縮ですが私と一緒に来てくれませんか？」

「君のお母さんってことは、ヂュースの嫁さんだよねえ？　正直あんまり会いたくないなあ……」

ゾウオウが襲撃してきた時、ジョンマンは活躍した。彼がいなければ、町は壊滅していただろう。

だがヂュースをはじめとした上位冒険者たちは、全員が重傷を負ってしまった。命が助かったとはいえ、家族からすれば複雑な心境であろう。

「お礼を言いたいそうなんですが、それとは別で昇格の話もしたいと……」

「冒険者ギルドから昇格の話が来ても不思議じゃないが……なんでヂュースの嫁さんからなんだよ」

「言ってませんでしたっけ、母は冒険者ギルドの責任者なんですよ」

※

猫たちを家の中に戻したあと、ジョンマンはコエモと一緒に冒険者ギルドへと向かった。町を歩く途中でコエモはかしこまり、ジョンマンに礼を言う。

「いまさらですけど……ジョンマンさん、父を助けていただきありがとうございます」

「ん……あんまり助かってないと思うけどなあ」

「でもジョンマンさんが来なかったら、間違いなく殺されていましたよ。感謝してもしきれません」

「君は人間ができてるねえ」

コエモから褒められても、ジョンマンはあまり喜ばなかった。故郷の町を救った英雄だというのに、テンションは下がっている。コエモからすれば、とても不思議だった。

「ジョンマンさんは、嬉《うれ》しくないんですか？　今のジョンマンさんは、お兄さんに負けてないほどの英雄ですよ？」

「この歳《とし》で兄貴と張り合うのはなぁ……」

若き日のジョンマンなら、兄と並んだことに喜んだかもしれない。四十歳になった今の彼は兄と並んで語られることに、価値など感じられなかった。

「あの程度の雑魚《ざこ》を倒したぐらいで、褒められても全然嬉しくないさ。あ、いや、嫌味じゃないよ？　俺からすればばって話で……」

「嫌味じゃないのはわかってますよ。素人目《しろうとめ》にも、実力差がすごかったですもん」

一般人であるコエモの視点からでも、ジョンマンとゾウオウの実力差は大きかった。

ジョンマンの感想に、コエモも納得している。

「私スキルって初めて見ました！　父もスキルは使えないんですよ」

「仕方ないんじゃないか？　よっぽどの大天才でもないと、誰かから習わなきゃスキルを使えないよ。この小さな町じゃあ、それは無理さ」

コエモ自身は無自覚だろうが、ヂュースを下げる発言をしている。ジョンマンとしては、心苦しいことだった。ついついヂュースを弁護してしまう。

「使えなくてもダンジョンを踏破できてるんだろう？　だったらヂュースには必要なかったってだけ

だよ。そのうえ、家庭を守って……あ」

ジョンマンはここで、彼女のことが心配になっていた。

「不躾《ぶしつけ》だけど、君の家の家計は大丈夫なのかい？　ほら、こう……。稼ぎ頭が引退することになったうえに、入院までしているし」

「母も姉も私も働いてますし、貯金はしっかりしているので大丈夫ですよ。あんなことがなくても、父も引退が近い歳でしたし、それがなくても危険な仕事ですから、備えはしてあったんです」

「そうか……本当に立派だなあ……」

ここでジョンマンは、なぜか膝から崩れ落ちた。

「……俺もそうすればよかった」

「ジョンマンさん!?」

「末代まで遊んで暮らせる金を稼いだ時点で、引退すればよかった……。貯金を食いつぶしながら、家族と一緒に遊んで暮らせばよかった……」

「ま、末代まで遊んで暮らせるぐらい、貯め込んでるんですか？　あ、でも、確かにお金をいっぱい持ってますもんね」

「そうなんだよお……うう……」

盗賊団に負けてなおギュースの人生に破綻はないのだ。それも奇跡や幸運によるものではなく、彼という男が事前に備えていた成果である。本当に、立派で偉大な男である。

自分もヂュースのようになれたと思うたびに、ジョンマンは泣きたくて仕方ない。

「なんか悲しくなってきた、帰って寝る」

「ちょ、ちょっと待ってくださいよ！　母と姉に怒られちゃいますから！」

「どうせしょうもない話だから、断っておいてよ……」

「それなら自分の口で断ってくださいよ～～！」

めそめそ泣いているジョンマンを、コエモは無理矢理引っ張っていく。

冒険者ギルドの前で待っていたコエモの姉は、その姿に気付くととても驚いていた。

「ちょ……コエモ、何があったの⁉　どんな失礼な真似をしたらこうなるの⁉」

「いや～～なんか父さんがケガした時に備えて貯金をしてたことがショックだったみたいで」

「なんでよ⁉」

端的な説明では意味が分からないで悲鳴を上げる受付嬢。しかし彼女もジョンマンに経済的余裕があることを知って苛立《いらだ》っていたので、同じようなものであった。

「奥の応接室で母が……ギルド長が待っているので、お願いします」

「応接室ねえ……でもそこにいるの、ヂュースの嫁さんなんだろう？　会いたくねえなあ……何を言われるのかわからないし」

「お礼を言いたいんです！　ね、お願いしますから！　コエモも手伝って！」

「お姉ちゃん。私ここまで引っ張ってくるのに、ずいぶん頑張ってきたんだけど」

グイ

「あとひと押し、あとひと引っ張りがんばりなさい！」

こうしてジョンマンは嫌々ながらも冒険者ギルドの一室、応接室に案内された。二十五年前もこの冒険者ギルドに在籍していた彼であるが、そんな部屋があること自体初耳であった。

初めて入った応接室は、やはりそこまで上等ではない。少し高級な椅子と机が置かれているだけで、装飾品などはほぼなかった。

その部屋で待っていたのが、上品な服を着ている落ち着いた雰囲気の女性であった。彼女の年齢は、ジョンマンよりも少し下、というところだろうか。

相手が大人ということで、ジョンマンも一応大人の対応をし始める。

「遅くなって申し訳ない、Ｆランク冒険者のジョンマンです」

「この度はお呼び立てして申し訳ありません。私はフデェノ……ミドルハマー冒険者ギルドの、ギルド長でございます」

「……お若いのにご立派ですね」

強めの年功序列と、やや弱い男尊女卑が主流となっているこの世界では、『この年齢の女性』が責任者というのは珍しかった。

それだけ彼女も、優秀ということだろう。

如何《いか》に偉業を成したとはいえ、ギュースがＳＳＳＳランクなる頭の悪いランクを名乗れたのも、彼女が融通を利かせたからに違いあるまい。

「この度は夫と娘を、町まで助けてくださって……ありがとうございます。それから、トーラ。今までこの非礼を謝罪しなさい」

フデェノは、ジョンマンを連れてきた受付嬢に謝るよう促した。その受付嬢の名前が、トーラということなのだろう。

「はい、大変失礼をしました！　本当に失礼しました！」

「上司としても母親としても、私からトーラの不適切な対応をお詫《わ》びさせていただきます」

（……この町、本当に狭いな。本人から紹介されたわけでもないのに、ヂュースの家族と知り合いになっている）

そこまで親しくないのに、家族全員と顔見知りになったことに奇縁を感じざるをえない。

「そのうえで……お話があります。貴方《あなた》の働きぶりと、その功績をたたえて……異例ですが、一気にAランク冒険者としての認定を行おうかと！」

「お断りさせていただきます」

フデェノの申し出を、ジョンマンはあっさりと断る。

あまりにもあっさりしていたため、フデェノは面食らう。しかし彼女とて『感謝の気持ち』なんて曖昧《あいまい》な動機でこの提案をしたわけではない。

引き受けてもらうため、食い下がろうとした。

「……ゾウオウの手によって、高ランク冒険者のほとんどが再起不能になってしまいました。そのため、冒険者ギルドの仕事がほとんど停止状態です。何とかしなければなりません」

「冒険者ギルドのノルマを、俺一人で何とかしろと？　さすがに無理では」

「……負担が大きいことはわかっています。しかしギルドに所属している冒険者たちに、昇格を断る権利はありません」

強権を振るおうとするフデェノ。彼女とて恩人相手にそんなことをしたくはないが、ギルド長という立場上仕方ないのだろう。

ジョンマンはそれを理解し、別方向からの解決を図った。

「それでは、条件を相談させていただけますか」

「は、はい！　それはもちろんです！」

「ではまず、ヂュースの百倍の報酬を約束していただきたい」

「……は？」

シンプルかつ頭の悪い要求に、フデェノだけではなくトーラも面食らう。

ジョンマンはいたって真剣に、雇用条件の交渉を続けていた。

「ヂュースの百倍以上強い私が要求して、なんの問題が？」

ジョンマンは払えると思って要求しているのではない。払えない額を要求して、断ろうとしているのだ。

普通に考えて『俺はあいつの百倍強いよ』なんて言葉は、誰も真に受けない。だがジョンマンはすでにその実力を示していた。

フデェノやトーラは、自分たちの無謀さを理解する。

(彼の要求は正当だわ……この人の実力にふさわしい報酬を、この町では用意できない！)

(この人、家とか家具とかぽんぽんぽんぽんと買える金持ちだった！　半端な報酬じゃ仕事を受けてくれるわけがない！)

適正な報酬を支払ってもらえない。大人が仕事を断るには、まっとうすぎる理由だろう。フデェノもトーラも、これ以上引き留めることはできなかった。

「ご理解いただいて幸いです。今回の働きは私が勝手にやったことなので報酬の要求はしませんが」

ジョンマンはじろりと、フデェノを睨《にら》んだ。

「その点、しっかり感謝していただきたい」

「はい……」

うんざりとした態度のまま部屋を出て行くジョンマンを、フデェノもトーラも止められなかったのだった。

※

ジョンマンがミドルハマーに戻ってから一か月が経過していた。ジョンマンは相変わらず、自宅でゆったりとした日々を過ごしていた。

その日は椅子に座って膝に母猫を載せつつ、紅茶を飲んでいた。もちろん冒険者時代からの趣味ではなく、引退してから始めたことである。

作法やら正しい淹《い》れ方なんてものは考えず、ミドルハマーの店で買った茶葉を適当に淹れているだけ。茶請けも季節感やらを考えず、適当な菓子を買ってかじっているだけだった。

正直、あんまり美味《おい》しくはない。しかしながら紅茶を淹れる時間や、紅茶に合いそうな菓子を探す時間、そしてのんびりと味わう時間は悪くなかった。

「いい暮らしだ……」

ジョンマンはしみじみと、現状を評していた。

家事をして猫の世話をして、気が向いたらFランク冒険者の仕事をして、くつろぎたくなったらミドルハマーで手に入るものでちょっとした贅沢《ぜいたく》をする。

人の幸せというのは、これでいいのかもしれない。

「結婚して子供がいるヂュースに嫉妬したり羨望したりしていたが……まあそれはそれとしてこういう生活も気楽でいいもんだ……」

ジョンマンの独《ひと》り言《ごと》は、自分に言い聞かせているのが半分、本気でこれでいいと思っているのが半分だった。

「俺はこういう暮らしがしたくて、この町に帰ってきたのかもな」

ふと家の壁を見る。そこには釘《くぎ》が打ってあり、『アリババ40人隊』の証《あかし》であるスカーフがかけてある。それを眺めていると、冒険の旅の思い出がよみがえってくる。それだけでも、時間はいくらでも潰せるのだ。

「コレが俺の残りの人生のすべて……。うん」

帰郷して早々に大きなトラブルと出くわしたが、それ以降は平穏なものだ。百年に一度の災害に遭遇することはあっても、毎週起きるわけではない……ということだろう。

ゆったりしている彼の耳に、ドアをノックする音が聞こえてきた。普段ならこの家に来るのはコエモぐらいであるが、ノック音は重く、かつ音の発生源が高い位置だった。

何かと思ってドアを開けると……。

「……久しぶりだな、ジョンマン」

「兄貴か？」

ジョンマンより頭一つ大きい、肩幅の広い偉丈夫《いじょうふ》が立っていた。表情は朗らかで棘《とげ》はなく、人格者であることをうかがわせる。彼こそハウランド。この国の近衛《このえ》騎士長であり、ジョンマンの兄であった。

「……兄貴」

ジョンマンは少しだけ戸惑い、二度も兄を呼んだ。

ジョンマンとハウランドの兄弟関係がどんなものだったかは、そもそもジョンマンが家出をしていたことから明らかだろう。もしも良好なら、そんなことになっているわけがない。

ジョンマンより五つも年上であるハウランドは、それこそ優等生であり孝行息子だった。努力家だったうえに体格に恵まれていることもあり、将来を有望視されていた。実際に近衛騎士長になったのだから、それは正しかったと言える。

そんなハウランドは、ジョンマンにとって不愉快な存在だった。何をしても兄と比べられるうえに、その兄はことあるごとに『真面目《まじめ》にやれ』だとか『今頑張らないと後悔するぞ』などと注意してくる。もちろんどの家庭でも言われていることであったし、ハウランドもその範囲を出なかった。

それでもジョンマンにとって、ハウランドは嫌な兄であったが……。

「立ち話もなんだ、入れよ」

驚きから立ち直ったジョンマンは、素直に兄を自宅に招き入れる。その表情に、かつての遺恨やら逆恨みはなかった。

二十五年という歳月は、わだかまりを解消するに十分だったようである。

「実は娘や息子も連れてきているんだが、入れていいかな？」

「何言ってるんだよ、もちろんだ」

ハウランドに続いて、精悍《せいかん》な青年と凛々《りり》しい乙女も入ってくる。二人とも立派な服を着ており、彼らの身分が窺《うかが》えた。

「息子のエツーケと、娘のオーシオだ。今は仕事の手伝いをしてもらっている」

「兄貴の仕事ってことは、近衛騎士長の補佐ってわけか。若いのに立派だねえ」

「なんだ、知っていたのか。それなら会いに来てほしかったぞ」

「タカリに来たって思われるのが嫌だったんでね。元気だって聞いたから、それでいいと思ったのさ」

いささか緊張した二人も、ジョンマンに案内されて家に入る。エツーケとオーシオのような身分の者からすれば貧乏な家だったが、実父の生家であると聞いているからか興味深そうにさえしていた。

「ちょっと待ってくれ、今紅茶を淹れるよ。作法もなんもないから、舌に合わないかもしれないけどな」

「ははは、お前にもてなしてもらえるとは思わなかったぞ。それもこの家でな……ああ、昔からは考えられない」

急に来た客人である、兄と甥《おい》、姪《めい》。その三人を喜んで迎えたジョンマンは、自分の分も含めて茶を淹れ直した。狭い家の中を紅茶のいい匂いが満たす中で、穏やかな時間が流れ始める。

ハウランドは小さい椅子に、狭そうに座った。エツーケとオーシオは座るところがないので、緊張の面持《おもも》ちで壁際に立っている。叔父の家に来たというより、護衛の仕事をしているかのようだった。

二人に見守られながら、兄弟はゆったりと話を始めた。

「生まれた家を買い戻して、猫を飼いながら、半隠居の一人暮らしか。余裕のある、優雅な日々を過ごしているじゃないか。羨ましく思うほどだぞ」

「猫は飼っているというか、買い戻した時に住み着いていてね。そのまま面倒を見るようになっただけさ。そのおかげで寂しくはないけどね。それより兄貴の方が、よっぽど羨ましい生活を送ってるだろう？　こんな田舎の生まれなのに近衛騎士長になって、王族のお姫様と結婚して、こんな立派な子供までいる。弟としても、鼻が高いよ」

ギュースが立派な大人になっていると知るたびに、ジョンマンは敗北感や劣等感に苛《さいな》まれていた。

しかしそれ以上の出世をしている兄に会っても、そうした暗い感情は出てこなかった。

「兄貴は出世する奴だと思ってたぜ」

するりと出るおべっかは、本心だろうと自分でも思っていた。それは兄にも伝わっている。

「……大人になったな、ジョンマン。兄として、家族として本当に嬉しい」

「よしてくれ、兄貴。四十にもなって、そんなことで褒められたくないよ」

二人とも紅茶に手を付けず、歓談をしていた。そんな兄弟を見て、エツーケとオーシオは居心地が悪そうにしている。いきなり現れた叔父など、どう対応していいのかわからなくても仕方ない。

「で、親父とおふくろはどうしてる？　兄貴が面倒を見てるんだろう？」

「二人とも楽しそうに、王都の暮らしを満喫している。見栄を張って高い買い物をしたがるがね」

「それじゃあ兄貴がいくら稼いでも足りないだろ」

「さすがに家計が傾くほどは使ってないさ。それに最近は落ち着いているよ」

「ふ～～ん……やっぱり二人とも、歳か。俺がこんなオッサンになってるし、兄貴にこれだけでっかい子供がいるんだから、親父もおふくろもそろそろお迎えが来るんだろうな」

「ああ……できればそうなる前に会ってほしい」

「あの二人が、いまさら俺に会いたがるかよ。でもまあ、手紙を送るぐらいはするさ」

「それでもいいさ、頼むよ」

紅茶が冷めるまでの時間、二人はゆっくり話していた。そうして湯気が出なくなったころに、ジョンマンは切り込んだ。

「なんで俺がここに居るって知ってるんだ？」

「この間お前が、ゾウオウという盗賊を生け捕りにしただろう？　それを私も聞いたのさ」

「生け捕り……勝手に自滅しただけだけどな」

行方不明になっていた弟が、二十五年も経過してから生家に帰り、さらに国内を荒らしていた盗賊を倒したなど……聞いた時のハウランドはさぞ驚いただろう。びっくりしている兄の姿を想像して、ジョンマンは少し笑った。

「ゾウオウは、この町から王都に移送され、尋問を行うことになった。しばらくは助けが来ると思っていたのか何も話さなかったが、少し前にすべてを吐いたよ。奴を従えていた盗賊の頭目の居場所をな」

ここで、ハウランドの気配が威厳を帯びた。猫たちは怯えてジョンマンの陰に隠れ、エツーケもオーシオも緊張した。平然としているのはジョンマンだけである。

「奴は人里離れた山に根城を構えている。私は近衛騎士長として、盗賊団の頭目……ラックシップを討つ」

憎悪や憤怒のような荒々しい感情ではないが、断固たる戦意をたぎらせているハウランド。その風貌に、年齢による衰えは見えない。

「その仕事のついでで、ここに寄ったというわけだ」

「ふ～～ん……」

「場合によっては、お前をスカウトしようかと思ったが……その顔を見るに、無理なようだな」

ハウランドは、改めてジョンマンを見つめた。ここ一か月の生活でだいぶ回復したが、それでも彼の苦労は顔に刻まれている。兄であるハウランドより老《ふ》けて見えるほどだ。

「お前が旅をしたという海の向こうは、それだけ過酷だったということか」

「俺が進んでそういうところに行ってたってだけさ」

ジョンマンは海外を端的に語った。島の外はすべてが超危険地帯で、このメイフ島だけが人類の楽園……なんてことはない。基本的にはメイフ島と同じような、代わり映えのしない場所ばかり。

しかし危険な場所は、本当に危険だった。多くの経験を積んで強くなったジョンマンをして、生き残るのがやっとという場所もあった。

（その最たる例が、最後のダンジョン……マジで潜るんじゃなかった……）

ジョンマンの人相は、ここで一気に変わった。ただでさえ苦労の刻まれていた顔が、げっそりとやつれたのだ。エツーケとオーシオは心中を察して唾を呑《の》む。

「本当に苦労したのだな。言いたくないなら、無理に聞くことはない。スカウトのことは忘れてくれ、元々私だけでも十分な仕事だ」

「それはそうだろうな、兄貴は俺よりもずっと強いよ」

胸を叩《たた》いて自信を示すハウランドを、ジョンマンは称賛した。

「身体能力も、格闘技術も、エインヘリヤルの鎧《よろい》を使いこなすこともな。動きを見ていればわかるよ」

「……それがわかるほどの眼力、というのはお前の方がずっと上だ。どうやったらそれだけの観察力が身につくのか、不思議なほどだよ」

温《ぬる》くなった紅茶を飲み干すと、ハウランドは立ち上がった。エツーケとオーシオも、それに倣《なら》って慌てて飲む。

「それではこれで失礼する。積もる話はあるが、それは仕事を終えてからにしよう。山賊の頭目を捕らえたあと、また寄らせてもらう」

「おう、今度は菓子も用意しておくぜ」

ハウランドは最後に、軽い調子で質問をした。

「ああ、そうそう。お前が見た世界の中では、私の実力はどの程度のものだ？」

彼の顔は少々緩んでいる。ジョンマンもやはりふざけた顔で答えた。

「もちろん、かなり強い部類に入るぜ。上には上がいるから、世界最強ってほどじゃないけどな」

「世界最強だと言い切れるような人も見たことがあるのか？」

「ああ、マジでヤバかった。そいつらにかかれば、兄貴なんて一ひねりだ」

「それは怖い！　ではそのことも、今度話してくれ」

ハウランドとジョンマンの再会は、こうして和やかに終わっていた。ハウランドとその子供たちは、その家から出ていく。

しかし最後のたわいもない会話に、エツーケは苛立ちを見せる。

「父上の前で叔父上への文句を言いたくありませんが……最後の言葉は失礼だと思いました」

「兄上、そこまで怒らなくてもいいでしょう？」

「お前は平気なのか、父上がバカにされているんだぞ？」

「どう聞いても、バカにされてはいないと思うのですが」

不満そうなエツーケに対して、オーシオは冷静だった。むしろあんな軽い話で怒る兄に対して呆《あき》れている。

「物には言い方がある、という話だ！　それに私は、父上が最強だと信じている！」

「ははは。それは言いすぎだぞ」

三人は家を出ていたが、その時にはエツーケの不満は大声になっていた。その大言を、ハウランドは笑い飛ばす。

「行ったこともない、名前も知らない国のことなのに、自分より強い者はいない、などと私は言えんよ。むしろそれを言う方がどうかしている」

「それは、そうですが……。それでも私は、父上を最強だと信じています！　相手が世界最強の戦士だったとしても、父上なら勝利できると……！」

「バカなことを言うな」

興奮気味の息子を、ハウランドは強く諌《いさ》めていた。

「……私ももう、四十五歳だ。もうとっくに全盛期は過ぎている。そしてここからは、本格的に衰えていくだろう。そのあとはお前が国一番の騎士となって、この国を支えるのだ」

ハウランドは、自分の引退を匂わせた。それを聞いて、二人は慌ててかしこまる。

「世界最強を名乗れるほどの実力……それは私に見出すのではなく、自分に見出すべきだ。お前なら私を越えられる、そう信じているぞ」

「……はい、父上！」

喜色満面の笑みで、エツーケは敬礼しながら応《こた》える。

「オーシオ、お前もまたエツーケに劣らぬ実力を身につけて、支えてやってあげなさい」

「はい、父上！　お任せください！」

オーシオもまた、同じように敬礼をした。

そう結局のところ、この兄妹は二人とも父を脅かす者がこの国にいるとは思っていなかった。世界最強ではないとしても、国内で彼に勝てる者がいるとは想像もしなかった。

　まして……つい先ほどまで話をしていたジョンマン自身が、その気になればハウランドを一ひねりにできるなど……今の段階ではわかるはずもない。

※

　ドザー王国内にある、人里離れた山の奥。そこにラックシップを頭目とする、盗賊団の根城があった。

　うっそうと茂る森の中に、素人が人数に任せて作ったであろう雑な作りの山城。ゾウオウから得た情報では、盗賊の数は百人ほどになるとか。

　近衛騎士たちはその根城に着いた。人数は二十人ほどであったが、戦力はむしろ圧倒している。彼らは一人一人がギュース以上の強者だ。仮に彼らだけで突入しても、ラックシップ以外の殲滅《せんめつ》は可能だろう。

「ここは我らが先行し、雑魚を蹴散らします。父上はお下がりください」

　エツーケは武器を抜きながら前に出た。強敵との戦いを控えている父に、余計な負担をかけないための配慮であり、戦術的にも正しかった。

「ゾウオウからの情報によれば、ラックシップもエインへリヤルの鎧を使えるとか。それが本当ならば、父上は力を温存するべきです」

ハウランドは息子の策を認めつつ、エツーケよりも更に前へ出る。

「気遣いは不要だ、私が先行する。お前たちは、逃げる者を捕らえればそれでいい」

「ですが……」

「私はエインヘリヤルの鎧を極めている、雑魚相手に消耗などしない」

絶対の自負を持って進む彼の背後に、荘厳な鎧が出現する。ゾウオウの鎧よりも格段に上であり、ジョンマンの鎧と比べてもなお上であった。

「ラグナ……ラグナ・ロロロ・ラグナ。ワルハラ……ヴォーダーン！」

究極の域に達しているエインヘリヤルの鎧を装着したハウランドは、淡々と歩みを進める。彼の前には山城の門が立ち塞がっているが、それを腕の一振りで薙《な》ぎ払う。付近に待ち構えていたラックシップの部下たちが、木の葉のように吹き飛んでいく。

「く、くそ！　これがこの国一番の騎士……！」

「おい、もっと人呼んでこい！　数でかかれば、何とかなる！」

「酸とか眠り薬とかあったよな？　火炎瓶やらも持ってこい！　とにかくぶつけまくれ！」

盗賊たちも必死で抵抗を試みた。モンスター相手ならともかく、人間には使わないような、えげつない手段も用いてハウランドを殺そうとする。

エインヘリヤルの鎧を着ているハウランドには、それらすべてが通じない。

「無駄だ。エインヘリヤルの鎧に、穴はない」

状態異常を完全に遮断するうえに、あらゆる属性に耐性を得る神の鎧を装着した彼は何も恐れずに歩いていた。まさに、無人の野を行くがごとし、である。

「お〜〜、こんなところによく来てくれたねえ」

進撃を続けるハウランドの前に、一人の男がふらっと現れる。場の空気が変わり、盗賊たちは歓喜の声を上げた。

「お、おお！　ラックシップ様、ラックシップ様が戦ってくれるぞ！」

「よっしゃ〜〜！　お願いします！」

盗賊たちの反応を見るに、彼こそがラックシップなのだろう。肉体はたくましいので、ゾウオウより強いというのも嘘《うそ》ではないだろう。一方でその表情は、賊とは思えなかった。

（この男が、ラックシップ？）

ゾウオウはまさに盗賊という態度の男であったが、ラックシップはその逆だった。表情や態度からは、攻撃性や反社会性というものが感じられない。

ラックシップは友好的な態度でハウランドに話しかけていた。

「お前さんがハウランドか……いやあ、強いねえ」

ニタニタ笑いながら、惜しみない賞賛を送る。

「エインヘリヤルの鎧を身にまといながらも、身体能力の強化をせずにいるな？　それは却《かえ》って難しいんだよな～～……俺にはとてもじゃないが無理だ。それを見ただけで、エインヘリヤルの鎧を極めてるってわかるぜ」

ラックシップの評価を聞いて盗賊たちは驚く。今までの快進撃は、彼自身の素の腕力によるものだからだ。本気で戦った時は、どれだけ強いのだろうか。

「お前がラックシップ、この盗賊団の親玉か」

「まあ見ての通り、適当な親玉だ」

ハウランドは、ラックシップを注意深く観察していた。

柔和ですらある気配の中に、邪悪な性根があると感じ取っていたのだ。

「貴様やその部下がこの国で犯した罪の数々……償ってもらうぞ」

迷いなく、凄《すさ》まじい殺気を放った。

「は、ははは！　償う気があるなら、最初から盗賊なんてやらねえよ」

軽薄かつ空虚に笑うラックシップも、無抵抗で殺される気は無いようだった。呪文を詠唱し、最強の鎧を召喚する。

「ラグナ……ラグナ・ロロロ・ラグナ。ワルハラ……ヴォーダーン！」

彼の背後に現れ、その肉体に装着されていく鎧を見て、近衛騎士たちは驚いていた。目の前にいるハウランドと比べれば一段劣るが、それでも相当に荘厳な姿をしている。

「どうやら、ゾウオウが話した情報は本当だったようだ」

「さあて……やろうか、近衛騎士長サマ？」

二人は超高速で飛び出し、真正面からぶつかり合った。エインへリヤルの鎧を着た者同士の戦いは常人の眼に映るものではない。他の者たちが認識できたのは、衝突した時の轟音《ごうおん》と弾《はじ》き合った二人の姿だった。

「ててて……やるもんだ」

ハウランドとラックシップの正面衝突は、ハウランドに軍配が上がっていた。

ラックシップは吹き飛ばされ、あたりの木々をへし折りながら地面に転がっている。しかし今の一撃で決着がついたわけではなく、ラックシップはへらへらと笑いながら立ち上がってきた。

「……驚いたな。私の一撃に耐えた者は初めてだ」

ハウランドは自分の渾身《こんしん》の一撃を受けて耐えられたことに驚いていたが、自分が負けるとはまったく思っていなかった。ぶつかり合ったあとだからこそ、自分の方が強いと確信している。

「実力の差は明白だ。同じスキルの使い手だからこそ……力量の差がそのまま勝敗を分ける」

「さあて、どうかな？　続けてみればわかるぜ」

眼にもとまらぬ戦いが再開された。ラックシップとハウランドは超高速でぶつかり合い、弾き合っていた。

ハウランドが優勢のまま、戦いは進んでいく。

「ふん！」

「ぐぁ！」

ラックシップは攻めに転じることができずにいた。急所への攻撃はかろうじて防げているが、このままでは敗北は時間の問題だろう。

「いやあ、強い強い！　こんな田舎にこんな強い騎士がいるなんて驚きだな！」

不気味なことにラックシップは余裕綽々《しゃくしゃく》で、敵であるハウランドを褒めてさえいる。

「驚いているのは私の方だ。ここまで私と戦える盗賊がいるなど信じられない。亡国の将が盗賊に身を落とした……といったところか」

ハウランドは一端手を止めた。このまま一気に押し切ることは難しいと判断し、呼吸を整え始めたのである。それは果敢に攻める以上に恐ろしい、冷徹さや生真面目さが見て取れる。

「そんな立派なもんじゃないが……まあ似たようなもんだ、とは言っておくさ」

「……しかし、解《げ》せんな。それだけの実力があれば、王都に捕まっているゾウオウを助けることもできただろうに、なぜそうしなかった」

近衛騎士長たる彼は、正義と仁義を欠くラックシップを糾弾する。

「……奴はしばらくの間、なにも吐かなかった。しかしお前が助けに来ないと悟って、この場所を吐いたのだ。仲間を見捨てたので見限られた、因果応報だな」

「因果応報？　は、はははは！　俺がアイツを助けなかったから、アイツが俺を見限った。それが因果応報？　笑える冗談だな！」

軽薄に、腹を抱えて笑うラックシップ。神々しい鎧を身に着けながらも、下品に笑い転げていた。

「俺もアイツも盗賊だぞ？　どこぞの国のお姫様じゃあるまいし、助けを期待する方がどうかしてる！　ゾウオウが捕まったこと、誰も助けに行かないこと、それそのものがまず因果応報だろうが！　それをさも、助けないのが悪いみたいに……はははは！　盗賊に向かって言うことかよ！」

笑っている内容そのものは、近衛騎士たちをして反論の余地がなかった。むしろ、彼らこそが言うべき言葉であった。これにはハウランドも反省せざるを得ない。

「……そうだな、まったくその通りだ。私が間違っていた。特に、私が言うべきではなかった」

「いやあ、そうだぜ。よりにもよって近衛騎士長サマがそれをおっしゃるんだもんなあ。もう笑ってくれって言ってるようなもんだぜ」

笑い転げていたラックシップは立ち上がった。先ほどまでとは雰囲気が変わっている。表に出なかった攻撃性や嗜虐性《しぎゃく》が露出していたのだ。

「ま、もういいか。最後のギャグも含めて、楽しませてもらったぜ」

最強の鎧を身にまとっているラックシップから、さらなる圧力が溢《あふ》れ出る。

「アルフー・ライラー……ワー・ライラー！　グリムグリム・イーソープ・ルルルセン！　コキン・ココン・コンジャク・コライ！」

ラックシップの眼が怪しく光り、さらに体が小刻みに震え始める。その状態を見れば、彼が何をしているのか察するには十分だ。それを完全に理解されるより早く、ラックシップは動き出していた。

自分からハウランドに接近し、鎧に覆われた拳をハウランドの顔に叩き込む。そのまま流れるように、わき腹や胸へ正確に打撃を浴びせていた。

さしものハウランドもたまらず、よろめきながらも吹き飛んでいた。

一気に攻守が逆転したことも驚くべきことだが、それ以上にありえないことが起きている。今の攻防を、近衛騎士も盗賊たちも、全員が認識できていたということだ。

「な、なんだ……今の動き。俺たちにも見えた？」

「見えたっつうか、無理矢理わからされたみたいな……！」

「あ、頭がいてえ……！」

ハウランドですら対応できない動きであったにもかかわらず、全員がそれを理解できていた。明らかな異常事態であり、エインへリヤルの鎧以外のスキルが発動しているとしか思えない。

「バカな、スキルの重ねがけだと……！」

ハウランドはまさしく瞠目していた。そんなことができるなど、想像したこともなかったのだ。

「そのとお……り！」

ラックシップが再び放つ、目で理解できる超高速の連続攻撃。最強の騎士であるハウランドであっても、なすすべがない。

「が……ぐぅ……！」

ラックシップが本気を出した瞬間、両者の実力差は逆転し、突き放された。もはや勝敗は決したと言っていい。

「バカな……ハウランド様が……。近衛騎士長様が、負けるなんて……」

「すげえ……あのハウランドをぼこぼこにしてる！　ラックシップ様は本当に無敵だ！」

状況を把握して、近衛騎士たちは蒼白《そうはく》になり、盗賊たちは一気に熱狂していた。

「ぐ……」

一方でハウランドは、絶望するより困惑が勝っていた。

ジョンマンも言っていたが、広い世界にはハウランドより強い者などいくらでもいるだろう。スキルを複数習得している者とて、ありえないとは言い切れない。しかしこの国に盗賊としていることは、ありえないことだった。

「ここまで強くて、なぜわざわざこの国で盗賊などやっている……！」

ゾウオウも盗賊としては異常に強かったが、ラックシップは度を越えている。どう考えても、ドザー王国にいていい強さではない。小さな池に鮫《さめ》がいたかのような場違いの極みだった。

「お前は、何者だ。メイフ島どころか、キョクトー諸島の者ですらあるまい」

「お察しの通り、俺はキョクトー諸島の生まれじゃねえ。とはいえ……お前たちも『俺たち』の存在を知らないわけでもないんだぜ」

ラックシップは胸元にある鎧の隙間から、一枚のメダルを取り出した。それを見せびらかすように、ハウランドの前で揺らす。ゴマの花が描かれた、銀色のメダル。それを見たハウランド、他の近衛騎士たち、そして盗賊たちすらも驚いていた。

「俺はセサミ盗賊団の幹部だ」

「バカな……あれは作り話の悪役だろう!?」

「盛っていたり削っているところもあるが、『全方見聞録』は本当にあった話だぜ」

かつてアリババ40人隊と戦い、敗北した組織。その残党を名乗るラックシップは、自分がなぜここにいるのかをあっさり話した。

「俺も若い時は過激に暴れていたが、もう歳だ。セサミ盗賊団が実在したことすら知らないド田舎で、のんびりと余生を過ごすことにしたんだよ。ただし、盗賊としての余生をな」

ドザー王国は、セサミ盗賊団の被害を受けていなかった。だからこそセサミ盗賊団の実在を信じていなかったし、ラックシップは根城を構えたのだ。

「それじゃあそろそろ飽きてきたから、終わらせるぜ?」

「ぐ、ぐぉおおおお！」

ハウランドは無駄な抵抗であると悟ったうえで、一矢報いようとラックシップに殴りかかる。

彼の拳が届く直前で、ラックシップは急加速した。大ぶりの攻撃を行ったハウランドへ、精妙なるカウンターを三発叩き込む。

「が……！」

ハウランドは限界を迎え、スキルを維持できなくなった。彼の鎧は消失し、彼自身の体も力なく地面に倒れていた。意識を失い、戦闘不能に陥っている。

「よく頑張ったと思うぜ、これまでの人生を含めてな」

ラックシップは身動きのできないハウランドを見下しながら、その太い手足を踏みつける。

環境を言い訳にせず鍛錬を積み続けてきた肉体が、一方的な暴力によって破壊されていく。

残酷な光景を前に、近衛騎士たちは何もできなかった。

彼らは自分たちの長であるハウランドの強さを知っている。その彼が手も足も出ずに負けた相手に、何もできないと悟ってしまっているのだ。

彼の後継者であるはずのエツーケすら、涙を流して震えることしかできない。見捨てて逃げ出す、という非情ながらも合理的な行動すら叶《かな》わなかった。

そんな近衛騎士たちの中で、一人だけ動いた者がいた。

「あ、ああああああ！」

絶叫と共に、オーシオが走り出す。腰に差していた剣を抜いて、無謀にもラックシップに襲い掛かる。

「ん？」

大きな声を出したオーシオにラックシップは気付いた。迎撃することも回避することもできただろうが、斬りかかってくる姿をのんびりと眺めていた。

「だあああ！」

無防備なラックシップに直撃した彼女の剣は、やはり傷一つ負わせられない。鉄の塊に木の棒を叩きつけたように、オーシオは撥《は》ね返されていた。

格上に挑み無様を晒《さら》した彼女は、涙を流しながらも再度剣をラックシップに向ける。

「父上から離れろ！」

「……ん？　へえ、お前コイツの娘か」

オーシオがハウランドの娘と聞いて、ラックシップは愉快そうに笑っていた。

「ははは！　そうかそうか、お前近衛騎士長で、国一番の実力者で、おまけに娘からも慕われているのか！」

疑う余地がないほどに、ラックシップは悪党の振る舞いをしていた。

「俺の昔の仲間が言ってたんだけどよ、因果応報ってのは『悪いことをした奴が酷《ひど》い目に遭う』って意味だけじゃなくて『いいことをした奴にはいいことが起きる』って時にも使うんだと。いやあ、羨ましいねえ、近衛騎士長サマ。良いパパだから、こういう時でも娘が助けてくれるんだ……感動で泣いちまうぜ！」

オーシオの勇敢で無謀な行動を、ラックシップは嘲笑《あざわら》っていた。

オーシオの怒りは更に燃え上がるが、その笑いを止めることなどできない。今斬りかかったとしても、先ほどのように弾かれるだけだった。

「いやあ、俺は感動したよ！　いい話だなあ！　よし、決めた！　お前たちを逃がしてやるよ！」

愉快そうに手を叩きながら、ラックシップは新しい遊びをすると言い出す。

「話がうますぎて信頼できないか？　安心しな、全然うまい話じゃねえよ。逃げるお前たちを、ちゃんとあとから追いかけてやるからよ」

逃がしてやるが、追いかける。あまりにも残酷すぎる『決定』に、近衛騎士の誰もが更に絶望する。ハウランドをここまで一方的に倒せるこの男を引き連れて、いったいどこに逃げ込めというのか。逃げ込んだ先を巻き込んで滅ぼされるだけではないか。

そんな中で、オーシオは叫んだ。

「父上を連れて、退《ひ》きます！　総員、撤退！」

「ど、どこに逃げるのですか!?」

「ミドルハマー……叔父上のところへ！」

理性的な行動ではなく、逃避に近かった。彼女はもはや建設的な提案などできず、ただ思いついた場所へ逃げようとしているだけである。

笑いながら見守ってくるラックシップに背を向けて、近衛騎士たちは震えながら無様に敗走を始める。すでに意識のないハウランドを背負って、全員がオーシオの言葉にただ従う。

「ジョンマン殿なら……何とかしてくださるのでしょうか？」

「わかりません……ですが、他にあてがないのです！」

それはまさに、溺れる者は藁《わら》をもつかむ、であった。

※

ハウランドが近衛騎士を率いて盗賊退治に向かってから、数日が経過していた。

ミドルハマーの住人たちは、故郷の英雄に更なる武勇伝が加わると知って大いに喜んでいた。ゾウオウたちによって暗くなっていた雰囲気をぬぐうように、お祭り騒ぎまで起きている。

喧騒《けんそう》から物理的に遠い場所にある、ジョンマンの自宅。ジョンマンだけではなく、コエモもなぜかそこにいた。

「最近母は、中堅冒険者の育成に力を注いでいるんですよ。引退した高ランク冒険者も、ケガがある程度治ったので指導に参加しているんです。でも父は嫌がっていて、指導に参加したがらないんです」

お茶をしているジョンマンの前に座って、大いに愚痴を吐いていた。それを聞いているジョンマンは、とても困った顔をしている。

「母としてはダンジョンの十階以降でとれる資源を今後も回収したいので、父から後進へノウハウを授けてほしいらしいんですよ。でも父は『俺が死ぬ思いで培《つちか》ったものを、なんで教えなきゃいけないんだ』って言って断るんです。もう引退しているのに……はあ」

「その愚痴への回答はともかく、なんで君は俺の家にいるのかな？」

年頃の娘が何度も遊びに来ることを、ジョンマンは歓迎していなかった。

できることなら追い返したいが、実行に移すだけのやる気が彼には残っていない。仕方なく彼女を迎えていたのである。それはそれとして、文句は言っていた。

「こういう愚痴を言えるのが、ジョンマンさんだけだからですよ。だって考えてもみてください。他の家で同じことを言ったら『それは嫌味か』とか『お前の親父を説得すればウチだっていい暮らしが』とか言われるんですよ」

コエモの懸念は正しかった。ジョンマンも肯定するしかない。

「……そうだな」

ジョンマンは来客への礼儀として、コエモにお茶を出している。しかし今のミドルハマーに、客にお茶を出す余裕のある家がどれだけあるかわからない。

「正直、町の人は、ハウランドさんが故郷に忖度《そんたく》してくれることを期待してますよ」

「兄貴がそういうことをするとは思えないなあ」

ここでコエモは、急激に勢いをつけて質問をした。

「ジョンマンさんって、ハウランドさんの弟さんなんですよね？　この前も会いに来られたんですよね？　どんなお話をされたんですか？　ぜひ教えてください！」

「どんなって……いや、普通だよ、普通。甥っ子や姪っ子を紹介されて、親父やおふくろたちの近況を聞いて……また会った時に楽しく話そうって言って別れただけさ」

ジョンマンとハウランドの会話は、本当にそんなものだった。仮にも戦場に赴く者との話にしては、あっさりしすぎていたのかもしれない。

「でもでも、そういうのも詳しく聞きたいです！　ぜひぜひ、教えてください！」

「ああもう……別にいいけども。ん……なんか外、騒がしくないか？」

「そうですね……？」

大勢の足音が、接近してきていた。大勢であるからこそ聞こえているが、お世辞にも速足ではないし、規則正しくもなかった。敗軍がなんとか進んできている、という雰囲気しかない。

そしてドアがノックされることもなく、ジョンマンの家に人がなだれ込んできた。

「叔父上！　叔父上、叔父上！」

「えっと、オーシオちゃん？」

「叔父上……お、お助けください！」

「なんだ、何があった!?」

ジョンマンの家に入ってきたのは、オーシオだった。彼女に続いて、大勢の騎士も入ってくる。彼らの体には何本も矢が刺さっており、動くたびに出血している。

「おいおい……ケガ人なら病院に連れていった方がいいよ。この町にだって病院ぐらいは……ん？」

さすがに文句を言おうとしたジョンマンだが、騎士たちが運び込んできたハウランドを見て驚く。

「兄貴……」

「え、この人がハウランドさん⁉」

国一番の騎士であるハウランドは、両手両足に添え木をされた状態で運び込まれてきた。彼は意識を失っており呼吸も荒い。ゾウオウに倒されたデュースよりも、ケガの具合は悪かった。

「父上……父上！」

ベッドの上に寝かされたハウランドに、エツーケが縋《すが》りついている。動揺し正気を保てていない。如何に騎士とはいえまだ若い彼である、目の前で父がボロボロにされればこうなっても仕方ないだろう。

オーシオは兄に代わって、涙ぐみながらも状況を説明しようとする。

「父は、ラックシップと戦い、敗れました。奴は逃げる私たちを追いかけまわして遊んでいます。この家に来るのも、時間の問題でしょう」

「それはまた趣味が悪い。しかし兄貴を負かす奴がこの国にいるとは驚きだな」

ハウランドを倒せる盗賊と聞いて、ジョンマンはセサミ盗賊団を思い出していた。その幹部に匹敵する実力者でもなければ、ハウランドをこうも倒せないはずだった。

「それが……ラックシップは、セサミ盗賊団の幹部だと名乗っていました」

「……は？」

想定した敵をオーシオがそのまま口にしたことで、ジョンマンはあっけに取られていた。

「え、セサミ盗賊団って、架空の集団じゃないんですか？」

コエモは当然の疑問を声にした。これはコエモがおかしいのではなく、むしろこの国の住人なら誰でも言うであろうことだ。オーシオたちとて、同じ思いである。

「少なくともそう名乗り、銀色の、ゴマの花のメダルを見せてきました。そして、強い……エインヘリヤルの鎧に加えて、複数の補助スキルを使用し……父を蹂躙《じゅうりん》したのです！」

「そうか、それは……本物かもな」

困った顔をしながら、ジョンマンは溜息《ためいき》をついた。

「セサミ盗賊団は、実在した犯罪組織だ。その活動範囲にキョクトー諸島が入ってなかったってだけで、海外では有名な正真正銘の大悪党だよ」

「そ、そうなんですか!?　そんな奴らがいたんですか、本当に!?」

「ああ。ラックシップが本当にセサミ盗賊団の幹部なら、兄貴でも勝ち目はない」

ジョンマンは申し訳なさそうに、傷だらけの兄を見つめていた。

「相手がセサミ盗賊団の幹部と知っていれば、俺も止めたんだけどなあ……」

「なにを、のんきな……！　状況が分かっているのか、お前は！」

エツーケはいつまでも能天気なジョンマンに対して激高し、詰め寄ろうとする。

「兄上、落ち着いてください！　叔父上が何をしたというのですか、家から出て行けと言われないだけでも、感謝すべきだというのに！」

オーシオは、何とか兄を止めようとする。

「だからなんだ。この男がこれ以上何をしてくれるというのだ！」

「それなら兄上は何をしているのです！　父上が倒れたというのに、喚《わめ》き散らしているだけではありませんか！」

妹からの正論によって、エツーケはついに黙った。場の空気がある程度落ち着いたところで、ジョンマンがなだめる。

「まあまあ、二人共落ち着いて。まずは兄貴の手当てをするんだ。ラックシップってのが来たら、俺が相手をするからさ」

「そんなこと、できるわけがない！」

エツーケはその慰めにかみついた。

「お前も言っただろう、父上は自分よりも強いと――！」

「アレは嘘だ」

空気が凍るほど残酷に、ジョンマンは不誠実を告白した。ちっとも悪いと思っていない声色で、端的に真実を述べていた。

エツーケは威圧されたわけでもないのに青ざめ、他の騎士たちも目を見開く。衝撃的な告白をしたジョンマンが、ラックシップと重なって見えてしまった。

ドザー王国から一歩も出たことのない者たちは、慄《おのの》いて動けなくなる。すっかり静まり返った家のなかで、ジョンマンは壁に掛けてあったスカーフ……ロバの描かれたぼろ布を、自分の腕に巻いた。

「怒るかもしれないが、言わせてもらう。兄貴は俺より強いよってアレ……お世辞で社交辞令だ。俺は兄貴よりずっと強い。それこそ、ラックシップと同じぐらいな」

そしてその所作に、コエモは声を上げた。

「セサミ盗賊団が本当にいたってことは……アリババ40人隊も本当にいたってこと!?」

「ああ……俺は解散したアリババ40人隊の……元メンバーだ」

再び騒がしくなり始めた家の外へ、彼は歩き出したのだった。

※

ラックシップは宣言通り、ハウランドを連れて逃げたオーシオたちを追跡していた。

わざと接近することもあれば、見失ったと見せかけてから現れることもあった。威嚇《いかく》することもあれば、部下に矢を射かけさせることもあった。

「ラックシップ様！　奴ら、あの小さいボロ屋に逃げ込みましたぜ！」

「そうみたいだな……じゃあ、そろそろ楽にしてやるか」

部下たちを引き連れて楽しく遊んでいたラックシップだったが、これ以上引き延ばしても冗長になると判断した。

遊びの終わりにふさわしい殺し方を考えていたところで、ボロ小屋からロバのスカーフを巻いたジョンマンが出てくる。

「……は？　なんでお前みたいなのが、こんな田舎にいるんだよ」

「田舎で悪かったな、ここは俺の故郷だ」

「……なんだそりゃ」

友人と思わぬところで再会したかのような雰囲気で、ジョンマンとラックシップは話していた。

盗賊たちは何が何だかわからず、ジョンマンが何者なのかを問う。

「あの～……ラックシップ様、そいつとはお知り合いで？」

「名前も知らないが、知り合いっちゃあ知り合いだな」

質問への返事をきっかけに、二人の雰囲気は一気に変わった。

「まあ、あれだ。十年ぶりだな、アリババ40人隊」

「また会うとは思わなかったぜ、セサミ盗賊団」

二人が互いの旧所属を呼び合うと、奇妙な緊張感が生じる。

「お前たちも五年前に解散したと聞いたが、それで故郷に帰ってきたってことか」

「そうなるな。まったく……どういう確率だ、故郷に知り合いがいるっていうのは……」

仇敵《きゅうてき》であるはずなのに、対峙《たいじ》しても激怒や憎悪がない。二人とも熱がない。燃え尽きたあとの、灰のような顔をしている。そのうえで、戦いが始まろうとしていた。

「ラグナ……ラグナ・ロロロ・ラグナ、ワルハラ……ヴォーダーン！　アルフー・ライラー……

ワー・ライラー！　グリムグリム・イーソープ・ルルセン！　コキン・ココン・コンジャク・コライ！」

二人の男は同時に、同じ呪文を唱えた。最強の鎧を身にまとい、そのうえで補助スキルを追加で併用する。

世界最高の冒険者集団のメンバーと、世界的犯罪組織の幹部。その『じゃれ合い』が始まろうとしている。

「十年ぶりだけどよぉ、腕は落ちてないだろうなあ？　まあお前とはほぼ初対面なんだろうけどよ」

「十年前と比べたら、俺もだいぶ鈍ってるとは思うぜ。でもお前だって爺《じい》さんだろ、衰え具合はお前のほうが深刻じゃないか？」

「じゃあ試してみるかい」

家の外ではラックシップの部下が、家の中からは近衛騎士とコエモが。それぞれに見守るなか……。

ジョンマンとラックシップは、目にも止まらぬ速さで動き出した。極めてシンプルに、相手へ向かってまっすぐに突撃する。見ている者たちからすれば、何が何だかわからないうちに二人が真っ向からぶつかって、そのあとで理解が追いつく……という状況になるはずだった。

二人が正面からぶつかるその刹那《せつな》で、戦いを見ている全員の眼に動きが映った。ジョンマンとラックシップは、片手で防御しながら片手で攻撃していた。鏡映しのように同じ動きをして、結果互いに直撃を避けていた。それを二度三度繰り返して、再び目にも止まらぬ速さで動き出す。

「ははは！　やるもんだな、平メンバー」

「平でも精鋭なのがアリババ40人隊なんでな」

軽口を叩きながら、目で追えない動きと目で追える動きを繰り返す。この国一番の騎士でさえ、何もできずに散った動きを二人は重ねていく。

さっきまで自分と話していた者たちが、いったいどれだけ高みにいる存在なのか。彼らから見た自分が、どれだけ卑小な存在なのか。観戦している者たちへ、情報が注ぎ込まれていく。

彼らは恐怖という感情の、その根底を理解していた。

怒っている相手は怖い、敵意を向けている者は怖い、理不尽な者は怖い。それらは、感情に対する恐怖であり、感情を発する者への恐怖である。だがそれは、突き詰めれば対等な相手への恐怖でしかない。つまり、どうでもいい恐怖だ。

真の恐怖とは、感情に由来しない。対象が何の感情も持っていなくても、圧倒的に強ければ恐怖を抱く。そちらの方がよほど深刻だ、なにせ抗《あらが》いようがない。攻撃が逸《そ》れて飛んでくるだけで、二人がもつれ合って転がってくるだけで、自分たちは死ぬ。鮫と鮫がじゃれ合っていれば、同じ池にいる金魚もメダカもなすすべがない。それこそ、恐怖に震えるしかない。

「う……。ど、どうなっている、ここは……どこだ？」

戦闘で生じる轟音の中で、傷だらけのハウランドが目を覚ました。近くにいたエツーケは、思わず近づいて泣きつく。

「ち、父上⁉　父上、目を覚まされたのですね⁉」

「エツーケ……」

「よかった、本当によかった……！」

取り乱している息子に縋られて、ハウランドは早々に彼から話を聞くことを諦めた。果たしてこの場合、不甲斐《ふがい》ないのは自分か息子か。そんなことを考える暇もない。

「父上、落ち着いて聞いてください。ラックシップに敗れたあと、我らはミドルハマーに撤退しました。ここは叔父上の家です」

兄に代わって、オーシオが事態を説明する。彼女も父が意識を取り戻したことで喜んでいるが、それでもなんとか職務を果たそうとした。

「近衛騎士は全員ここにいます。負傷者は多いですが、脱落はありません。しかし賊が追跡してきて……叔父上が戦ってくださっています」

「その、ようだな……」

ハウランドの耳にも、戦いの音は聞こえている。それが止まることなく続いているというだけで、彼はすべてを理解していた。

「……私もアイツも、大人になってしまったな」

ジョンマンは大人になったからこそ、相手を傷つけないために優しい嘘を言えるようになったのだ。

かつて自分に説教をしていた兄より強くなっても、マウントなど取らずに顔を立ててくれたのだ。

ハウランドはそれを見抜けず、疑うこともなかった。弟が自分より強くなっていたなど考えもしなかった。

「……私は、弱い、小さい、駄目な男だ」

本当ならば、ジョンマンが強くなったこと、自分を超えたことは喜ぶべきことだ。今まさに脅威と対抗できているのだから、なおさらに。にもかかわらず、ハウランドは自分の中の暗い部分に気付いてしまっていた。

自分が手も足も出ずに負けた相手と、ジョンマンが拮抗《きっこう》している。それが不愉快で仕方ない、という暗さだ。ラックシップに負けた時とて、ここまで悔しくはなかった。

結局自分は、ジョンマンを下に見ていた。己を上回っていると知って、弟のくせに何を生意気な、と腹を立ててしまう男だったのだ。

ハウランドは、無力と羞恥《しゅうち》による涙を流していた。

「父上……くっ」

オーシオは父から視線を切った。涙の理由が分かってしまったからこそ、見るに堪《た》えなかったのだ。

そうして見た先に、一人の少女がいた。

「『全方見聞録』は本当の話なんだ。アリババ40人隊は、セサミ盗賊団は本当にあったんだ」

オーシオは眼を疑った。その少女、コエモは、窓の外から見える戦いに目を奪われていた。超絶の戦いに、感動していたのだ。

「世界は本当に広いんだ……！」

巨大な森を見て感動するように、広大な海を見て感動するように、雄大な山を見て感動するように、神話の戦いを見て感動していたのだ。その表情に一切の恐怖はない。

自分が暮らしている町は、国は、島は、本当に小さくて、世界の一部でしかなく……。海の向こうには、思いもよらぬ景色が広がっているのだ。ただ広いだけではない、同じ風景や同じ社会がどこまでも続いているわけではないのだ。

その証明たる『外来種』を見て、彼女は希望に胸を膨らませていた。

「なにを能天気な……。いや、その方がマシか」

現実に屈するよりは、夢を見る方がマシに決まっている。オーシオは虚勢を張るように、コエモの隣に立ち窓の外を見る。二人の『じゃれ合い』は、区切りを迎えようとしていた。

「むぅ」

「おっと」

覇気も闘志も殺意も悪意もない二人は、申し合わせたかのようにそろって動きを止めた。

「ん～このままじゃ決着がつかないなあ」

「ああ、同感だ」

二人の衝突による摩擦で周辺の草花は焼け焦げ、平らだった地面は耕されたかのように盛り上がり、クレーターが形成されている場所さえあった。

直近にあったジョンマンの家の屋根や壁は、ところどころにひびが入り、飛んできた石などがぶつかってめり込んでいる場所もあった。

悲惨だったのは、ラックシップの部下たちである。火傷《やけど》を負っている者、鼓膜が破れている者、吹き飛ばされて骨折している者までいた。

そのくせ肝心のジョンマンとラックシップは、傷を負うどころか疲れた様子さえ見せない。

「それじゃあどうする？　第五スキルを使うか？」

ここでラックシップは、熱のない挑発をした。

「本気の殺し合い、する？」

やる気がないことは、振る舞いから察せる。彼自身にやる気がないこともさることながら、相手にもその気がないと悟っての話し方であった。

「するかよ、疲れるじゃねえか」

「そりゃそうだ！　はははは！」

緊張感に欠けた調子で軽口をたたき合い、互いにスキルを解除した。

「勝者に敬意を表して、ここは俺が退かせてもらうぜ」

「おう、そうしろ。とっとと帰れ」

ラックシップは背を向けて町を去ろうとし、ジョンマンはそれを追おうともしない。このまま事態は終息するかに思えたが……。

「ま、待ってくれよ！」

ラックシップの部下の一人が、撤退に待ったをかけていた。

「格好つけているところ悪いけどよ！　近衛騎士長サマも、そこの元アリババ40人隊も、殺さずに放っておくってことだよな⁉」

「なんか文句でもあるのか？」

「おおありだ！」

ジョンマンとハウランドは、盗賊たちを大勢殺した。

二人に非はないのだが、盗賊たちの中には強烈に恨んでいる者もいる。

「俺のダチも、アイツらに殺されたんだぞ⁉　そいつがのうのうと生きていくなんて、俺には耐えられねえ！　腹の虫がおさまらねえ！」

一人が激高したことによって、他の部下たちも同調する気配を見せ始めた。

ラックシップはそんな部下たちの反応を見て、不思議そうに首を傾《かし》げる。

「お前たち、殺されるのが嫌なのに盗賊をやってるのか？」

正論を説きながら、激高している部下に寄った。

「ダチに死んでほしくなかったんなら、そもそも盗賊なんぞせず地道に生きていればよかっただろう？　そのくせ死んだら怒るのか？　どういう理屈だ」

「う、うるせえ！　アンタはアイツに負けるのが怖いだけなんだろ!?　ごまかすんじゃねえよ！」

「参ったなあ……確かに腹の虫がおさまってない」

殺気も悪意もなく、ラックシップはその部下の腹部に手を当てる。

スキルをすべて解除した状態で、ラックシップはその手に力を込めた。

直後、盗賊の腹部が吹き飛んだ。胸から上と腰から下に分かれて、その体は地面に崩れる。

「お前の腹の虫がどこにいるのか知らんが、腹ごと吹き飛ばせば退治できるだろ？」

崩れた死体を見ても、ラックシップは眉一つ動かさなかった。自分の部下を手にかけたにもかかわらず、心はまったく動いていない。

突然の凶行を見た者たちは理解していた。ラックシップにとって、悪事とは挨拶と同じ生活習慣に過ぎない。大した理由がなくても、怒っていなくとも、人を殺せてしまえるのだ。

穏やかに見えるだけで、ゾウオウよりもはるかに危険な男であった。

「他に腹の虫がおさまらない奴、いるか？」

ラックシップはなんでもなさそうに、他の者へ確認をする。彼には見せしめのつもりさえなかったが、結果として部下たちは全員が黙った。

「相変わらず部下殺しに躊躇《ちゅうちょ》がない。解散しても変わらないな、セサミ盗賊団」

「性根は変わらんさ。じゃあな、アリババ40人隊」

騎士も盗賊も、改めて理解する。

こんな化け物が大勢いたセサミ盗賊団の恐ろしさと、それを打倒したアリババ40人隊の強さを。

自分たちが如何に田舎者で、平穏な場所で暮らしているのかということを。

※

ジョンマンとラックシップの戦いが終わったあと、近衛騎士は一度ミドルハマー内の病院で手当を受けてから王都に戻った。戻った先ではありのままの事実を報告することになっただろうが、それを聞いた者たちがどれほど混乱したかは想像に難《かた》くない。

それからジョンマンの元に『使者』が来るまで、一か月ほど必要だった。そして彼の元に来たのは、やはりというべきか、姪であり王族でもあるオーシオであった。

町外れにある彼の自宅を訪れた彼女は、非常にかしこまった態度をしていた。ある種悲壮な、大人になるしかない少女の顔だった。

「お久しぶりでございます、叔父上」

そんな彼女を、ジョンマンは家に招き入れる。

「いまさらだけどさあ……その、叔父上っていうのやめてくれない？　いや、おじさんとかオッサン呼びが嫌とかじゃないんだよ。本当に、本当に、むしろそっちでいいんだよ。でもさあ、叔父上っていうのは……かしこまってない？」

オーシオはジョンマンを叔父上と呼んでいた。叔父と姪の関係なのだから、なにもおかしなことはない。しかしジョンマンとしては、上流階級風の呼び名はこそばゆかった。

「かしこまるべき相手かと……」

「かしこまるって君……。昔の俺ならともかく、今はただのＦランク冒険者で、そんな立派なもんじゃないんだよ」

「ですが、私にとっては、父を救ってくださった恩人です」

「でもねえ、それこそ弟が兄を助けたってだけで……」

「親しき仲にも礼儀ありと言います。親族だからといって、恩人へ甘えるのは良くないかと」

（なんかコレ以上話したら、俺がめちゃくちゃ気にしてるみたいだな……よし、やめ）

一旦気を取り直して、ジョンマンは彼女に聞くべきことを聞く。

「兄貴はどうしてる？」

「治療の結果、命は取り留めました。ですが騎士としては再起不能です」

「それは……悪いことをしたな」

「どうか謝らないでください。父上は職務を果たしたまでですから」

オーシオはあえて言わなかったが、ハウランドはラックシップに負けたこともさることながら、ジョンマンが自分より強くなっていたこと、それに気付けなかったこと、強くなっていたことを素直に喜べない自分に傷ついていた。

高潔な彼は、己の卑小さにもまいっていたのだ。

「本当は兄上も一緒にここに来るべきでしたが、兄上はもう……精神的に再起不能です」

「なんでまた」

「兄上は、私以上に父上を崇拝していました。父上がなすすべもなく倒されたこと、それほど実力者が複数いることに、耐えられなかったのです」

「若い、いや幼いな。まあしょうがないか……」

エツーケも成人していたが、まだまだ若い。父親を絶対視していても、そこまでおかしくない。そして崇拝は、強ければ強いほど崩れた時に脆くなる。

「……情けないことです」

オーシオは兄を軽蔑していた。それはそれで、仕方ないことである。

「本来であれば、父が倒れた今こそ兄が奮起しなければならないのです。にもかかわらず職務を放棄しました。そのため近衛騎士長は空位に……近衛騎士も機能不全に陥っています」

「それじゃあ君が継ぐって話なのかい？」

「ご冗談をおっしゃらないでください。私にその実力がないことは、叔父上の眼力をもってすればわかるはずです」

「……そうだな、悪かった」

「国王陛下は国外から実力者を招聘《しょうへい》なさるそうですが、それがいつになるかはわかりません」

なんとも悲惨な状況を明かしたオーシオであるが、ここでジョンマンをまっすぐ見つめていた。

「叔父上。今回こちらへ伺わせていただいたのは、貴方に依頼するためです」

「依頼？」

「倒れた父の跡を継ぎ、近衛騎士長になってくださいませんか」

（やっぱりそうきたか）

ジョンマン自身も要請されることは覚悟していた。

しかし当然ながら、ジョンマンにその気はなかった。正しく言えば、気力がなかった。

「君には悪いが……俺に近衛騎士長を務める気力はないよ」

ジョンマンはあえて、誠実に回答をした。その言葉の意味は、近衛騎士長の補佐を務めていた、オーシオの方がよく理解できる。

「国のために命をかけて戦うことができない、ということでしょうか」

「それであってる。俺はもう、戦う仕事には就けない」

申し訳なさそうに断るジョンマンは、それこそ老齢に見えるほど老け込んでいた。

「先日の戦いを見て、叔父上は素晴らしい戦士だとわかりました。その叔父上がこのまま隠居するのは、様々な事情を抜きにしてももったいないかと……」

「そう言ってくれるのは嬉しいけどねえ……。その期待に応えるだけの心意気が、俺にはもう残ってないんだ」

ジョンマンは、本当に疲れた顔をしていた。もう頑張りたくないと、体が語っているようだった。

絶対的強者の弱った顔を見たオーシオは、もう勧誘することができなくなっていた。

「叔父上の気持ちはわかりました。ですが現実的な話として……この国には強者が必要です。なにせあのラックシップは、今もこの国に根城を構えているのですから」

「なんだ、アイツまだいるのか」

「ええ。私たちが発見した拠点に、まだ潜伏……隠れていないので少し違いますが、とにかく住み着いています。そして……本人はおとなしくしていますが、奴の部下は動いていますし……なにより、後継者らしき者まで育てているとの情報も……」

「後継者？　あいつが、自分の？　なんの？」

「習得しているスキルの後継者です」

ジョンマンですら無視できない情報を、オーシオは口にしていた。

ラックシップの弟子が彼と同等の実力者になり、賊として活動を始めれば大問題になるだろう。

「ゾウオウが言うには、彼の拠点には身寄りのない子供たちがおり、ラックシップから指導を受けているとか……今は問題ではありませんが、いずれは彼に並ぶ実力者になるでしょう」

「いずれ互角の実力者に、ねえ……。さすがにそこまでは無理だろうが、劣化版ぐらいにはなれるだろうな。それでもここでは脅威になるか」

「未然に防ぐにはラックシップを討つ他ありませんが、失礼ながら叔父上ですらラックシップに勝てる保証はありません」

「失礼なもんか、適正な評価だよ。一度戦って確信したが、命をかけてなお五分五分ってところだ」

「その五分に国家の命運を委ねることはできません。なので叔父上……私を鍛えていただけないでしょうか」

ジョンマンが近衛騎士長になってくれたならそれでよいが、駄目だったので弟子入りへ切り替えた。おそらく最初から、次善の策として考えていたのだろう。

「俺に弟子入りって……一年や二年で終わらないぞ？　その間、近衛騎士の仕事はどうするんだい？」

「修練もまた騎士の務めです。むしろ力不足であるのなら、力をつけるより優先されることはありません。国王陛下からも、許可はいただいております」

(根回し済みか……やれやれ、さすが王族の子だな)

どうやら彼女も、半端な意気込みでここにいるわけではないらしい。

「いかがでしょうか。負担にならない範囲で構いません、私に手ほどきをお願いしたいのです」

「ん～～……」

ここでジョンマンは黙った。これは断る口実を探しているわけではなく、受けてもいいかな、という思考時間であった。

(俺が指導する側なら、それなりにマイペースでやれそうだ。近衛騎士長とかになって忙しくなるよ

りはずいぶんマシだろうし……この子にもなにかしてやりたいしな)

それを経てから、彼は口を開く。

「いいぜ。Fランク冒険者でよければな」

「ありがとうございます、叔父上」

弟子入りすら断られたら、いよいよ打つ手がなかった。オーシオは安堵《あんど》していたが……。

「はいはいはい！　私も、私もいいですか⁉」

なにやら聞き耳を立てていたらしいコエモが、ドアを開けて家に入ってきた。突然の登場に、ジョンマンは驚く。

「え、コエモちゃん、聞いてたの？」

「私もジョンマンさんの弟子になって、スキルを覚えたいです！　そんでもって……！」

コエモはまばゆい希望を抱いている。その熱量はオーシオに劣らない。

「私、世界を冒険したいんです！　アリババ40人隊みたいな、世界を旅する本物の冒険者になりたいんです！　ね、ね！　いいでしょ、ジョンマンさん！」

「ちょ、近い、近い！　距離詰めすぎだよ、コエモちゃん！」

「お願いしますよ～～！」

この機を逃すまいと、コエモは抱き着き、縋りついてくる。どう考えてもヤバい状況に、ジョンマンは大いに慌てていた。振り払いたいが、ケガをさせるわけにもいかない。そして押しの強さに根負けしていた。

「わかった、弟子にするから離れてくれ！」

「ありがとう～～！　私、頑張ります！」

「なんでもっと強く抱き着いてくるんだ～～！」

こうしてジョンマンの余生は、新しい彩《いろどり》を得たのであった。

第三章　トレーニング

ジョンマンはコエモとオーシオへの指導を引き受けた。とはいえ今日からいきなりというのは難しいので、一旦彼女たちを帰らせた。弟子入りの許可をもらったオーシオはわざわざ王都に帰ることもなく、宿泊場所であるミドルハマーの宿屋に戻っていた。

騎士である彼女は今回の状況を報告するべく、部屋に置いてあった机で手紙を書こうと、椅子に腰かけてたのだが……。

「へ～、この宿の内装ってこうなってたんだ～～……もうちょっと豪華だと思ってたけど、ウチと変わらないな～～」

（なんでこの子は私の部屋に一緒に来たんだろう……）

なぜかコエモも一緒に部屋に来ていた。泊まる気はないだろうが、どっしりとベッドに座って話し込む構えである。報告書を書くのも仕事のうちなので、オーシオとしては帰ってほしい。しかしなかなか強く言えなかった。そのあたり、ジョンマンの姪《めい》らしいのかもしれない。

「こ、この宿に入るのは初めてなのですか？」

「うん。だってこの近所に住んでるし。なんなら、宿に入ること自体初めてだよ」

「そ、そうですか……そうでしょうね」

オーシオは勇気を出して、コエモに本題を聞く。

「それでその……私に何かご用でしょうか？」

「それそれ！　オーシオちゃん、これからは一緒に修行するんだよね！　よろしくね！」

希望で胸が一杯のコエモは、ジョンマンに弟子入りできた喜びを、同志であるオーシオと分かち合いたい様子である。

ここで拒否するほど彼女は子供ではなかった。

「ええ、そうですね。これからは一緒に修行しましょう、コエモさん」

「私のことも、ちゃん付けでいいよ！」

「そ、そうですか、コエモちゃん。ではよろしく……」

他人をちゃん付けで呼ぶ習慣がないオーシオからすれば、いいよと言われてもむしろ断りたいのだが押しに負けていた。

「やっぱり、戦うジョンマンさんは格好良かったよね！　もう、完全に物語の英雄って感じ！　私たちと同じミドルハマーの生まれなのに、広い世界に漕《こ》ぎ出して帰ってきて、でっかくなったんだよ！　すごいよね！　マネしたいよね！」

コエモの言葉には小さいツッコミどころがある。

まったく関係ないとは言えないが、オーシオの生まれはミドルハマーではなく王都である。しかし論旨に関係ないので呑《の》み込み、素直に応じていた。

「そう、ですね……私もああなりたいです」

国一番の騎士である父が手も足も出ずに負け、他の騎士たちは最初から逃げの一手を打つしかなかった。そんな脅威であるラックシップに対して、ジョンマンは一歩も引かず互角の戦いを演じた。

その強さには、本当に憧れていた。

「私だけだったら引き受けてくれなかったと思うんだ！　オーシオちゃんのおかげだよ、本当にありがとうね！」

「お礼を言うのは、私の方ですよ……」

言いそびれていた感謝を、オーシオは口にしていた。

「貴女《あなた》が叔父上の戦いに憧れている姿を見て、私もそうした方がいいと思えたんですよ」

自分の非力を嘆き続けるより、無邪気に憧れる方が大いにマシだ。心が折れかけていたオーシオは、コエモの能天気さに救われたのである。

「……なんで？」

「なんでって言われると私も説明に困りますが……まあとにかく、私は貴女と一緒に修行できることが嬉《うれ》しいってことです」

「それは私も！　一緒に強くなって、お互いの夢を叶《かな》えようね！」

ミドルハマーの宿屋の小さな一室で、コエモとオーシオは互いに手を取り合って誓い合った。コエモは世界を旅する冒険者になるために、オーシオはこの国を守る強い騎士になるために。辛《つら》いであろう修行を共に頑張ろうと、励まし合ったのであった。

※

それからしばらくして、準備が整ったから自宅に来てほしいと呼ばれた二人は、ジョンマンの家へ向かった。そこで彼女たちは、信じられないものを目にする。

周囲に建物が何もない、町の外れにぽつんと建っていたジョンマンの家。そのすぐ隣に、とても大きな御殿が建っていた。レンガ造りの新築二階建て。横幅も奥行きもジョンマンの家数軒分ある。

その脇には五つもの倉庫らしき建造物までついていた。

それらの存在感は凄《すさ》まじく、何も変わらず建っているジョンマンの家がなければ、来る場所を間違えてしまったと思うほどであった。

「よく来てくれたねえ、二人とも。ようやく準備が整ったし、今日から修行としゃれこもうか」

堂々とした御殿の前で、ジョンマンは二人を出迎えていた。相変わらずダウナーな雰囲気を放っており、新築には似つかわしくなかった。

「あ、あの～～……ジョンマンさん、この御殿はいったい？」

「まさか、叔父上が建てたのですか？」

「おう。この国で手に入る最高級の素材をふんだんに使って建ててもらった。もちろん普通ならこんなに早く建たないが、そこもお金で解決したよ」

ジョンマンはとても誇らしげに、頭の悪い財力任せの買い物を説明する。

「君たちは今日から、ここで生活をするんだ。一応言っておくが、俺は自宅でそのままだから、そこは安心してくれ」

「ジョンマンさん、それは安心できないです！　いやまあ、一緒に暮らしたいとかじゃなくて、こんな御殿を建てられても、すごい困るんですけど！」

「よ、良いのですか、叔父上！　確かに蓄えはあると聞きましたが、それだけ無茶な買い物をしたら、すぐになくなってしまうのでは？　むしろ借金をするほどでは!?」

二人の乙女は、過ぎた厚遇に困っていた。というよりも、ジョンマンが破産しないか心配になっていた。

「ははははは……それがねえ、困ったことにねえ……」

ジョンマンは死んだ目をして、懐から一枚のコインを取り出した。不動産屋に支払った金貨とは違う、宝箱に入っていた硬貨の一つであった。

「コレ一枚で足りたんだよ。俺の宝箱にはコレがあと何百枚もあるんだなあ、これが……はははは……ははは……」

金持ち自慢をしているようで自虐をしていた。それが証拠に、ジョンマンはかすれたように笑いながら泣いていた。大粒の涙をぬぐおうともせず、自分の愚かさを嘆いていた。

「俺がコレ一枚を得るために、どれだけ苦労したと思う？　それはもう苦労して強くなって、強大なモンスターをなんとか倒して、それでようやくコレ一枚だった。つまりこの種類のコインだけでも、俺は、それはもう膨大な労力を費やしたわけだよ……使い切れないどころか使い道が最初からなかったのにね……ははは」

コエモとオーシオは、ハイレベルすぎる悩みについていけなかった。

「最初はお金を稼いでアレしたいとかコレしたいとかだったのに……なんかもう、お金を稼ぐこと自体が目的になってた……というか、お金を稼ぐということを忘れてた。アリババに引っ張られて、とにかく『冒険』すること自体が目的になってた……進んで苦労をしていた、苦労が目的になってた」

大きく口を開けて、素直に心の内を吐き出すジョンマン。その全身からは、後悔の怨嗟《えんさ》が溢《あふ》れていた。もちろん彼特有のものであり、ほとんどの者は共感できまい。

「今回の散財で、宝箱の中身が少しは減るかと思ったのに……むしろ減らすために散財したのに、コイン一枚……このペースだと、財産を使い果たすより先に人類が滅亡する……」

（どれだけ稼いだんだろう……）

ひとしきり泣いたジョンマンは、涙をぬぐって気を取り直した。

「ん……よし、切り替えようか！　もうこの話はやめよう！　それより、特訓だ特訓！」

「そうですね、行こうかオーシオちゃん！」

「頑張りましょうね、コエモちゃん！」

強引に話を変えようとするジョンマンに、二人も乗っかっていた。このまま話をされても、解決できないので仕方ない。

並んで立つ二人を前に、ジョンマンは改めて説明を始めていた。

「君たちにはまず、スキルビルドについて話そう」

真面目《まじめ》な雰囲気に切り替わったことで、乙女たちも緩んでいた気持ちを引き締める。

「君たちも知っての通り、強力なスキルを一つ極めるよりも、複数のスキルを習得する方が強くなれる。これをスキルビルドという」

ハウランドがラックシップに負けた時のことを思い出し、オーシオは重く頷《うなず》く。

一方でコエモは、スキルをいくつも習得すること自体が楽しみで、笑顔になっていた。

「ここで問題になるのは、スキルのかみ合わせだ」

よくわからないことであったため、二人とも首を傾《かし》げている。

「最高効率でスキル習得に専念しても、一つ覚えるのに一年はかかる。それをいくつも習得していたら、何年かかるかわかったもんじゃないだろう？　それだけ苦労しても、実際に併せて使うと上手《うま》くいかないことがある」

コエモもオーシオもスキルビルドの成功例であろうジョンマンとラックシップの強さは知っているが、失敗例は見たことがないのでよくわからない様子である。

「例えば炎のブレスで攻撃をしてくる、水の攻撃に弱いモンスターがいるとする。炎攻撃に耐性のある炎の鎧《よろい》を召喚するスキルや、水の剣を召喚するスキルで対抗しようとしたとする」

想像しやすい例を出されて、二人は炎の鎧を着た水の剣を持つ戦士を想像した。

「苦労して両方を習得し、同時に使ったら……炎の鎧と水の剣が互いに干渉し合い、両方が弱体化するということになった」

「……最悪ですね、それ」

僕が考えた最強の組み合わせ、というのは上手くいかないことがある。それは二人もすぐに理解できた。

「だから成功している人のスキルビルドをマネするのが手っ取り早い。もちろん君たちには、俺が習得している五つのスキルを授けるつもりだ」

ジョンマンは揺るがぬ自信をもって、己のスキルビルドを推していた。その根拠を、惜しみなく伝える。

「このビルドは俺やラックシップ……つまりアリババ40人隊のメンバーやセサミ盗賊団の幹部、最高幹部たちも『基本ビルド』として全員が習得していた」

「なるほど、それは信頼性の高いスキルビルドですね……！」

大勢の実力者が、そろって同じスキルビルドで戦っていた。それを聞いたオーシオは、実戦的なスキルビルドなのだと喜ぶ。しかしコエモは落胆していた。

「ええ～～？　『全方見聞録』に出てくる人たちって、実際はみんな同じスキルで戦ってたんですか？」

『全方見聞録』では多くの個性豊かなキャラクターが登場し、それぞれが特徴的な技で戦っていた。実際の彼らは全員同じスキルを使っていたというのなら、絵面がパッとしないだろう。

リアルとはそういうものかもしれないが、読者としては寂しいところである。

「コエモちゃん、そういう言い方はないかと……」

「でも、世界最強の魔法使いだったとか、世界最強の剣士だったとか、世界最強の格闘家だったとか、そういう人たちが、敵も味方も同じスキルで戦っていました……だよ？」

「まあそうかもしれませんが……」

コエモの感想を聞いたジョンマンは、切ない顔をした。

「安心してくれ、コエモちゃん。本に出てくる奴らは、それぞれ別のスキルを習得していた」

「あ、そうなんですか？」

「叔父上、どういうことです？　全員同じスキルを習得していたのでは？」

コエモは喜んでいるが、オーシオは混乱し疑問をぶつけた。

全員同じスキルを習得していたと先に言ったのに、別のスキルを習得していたとあとになって言うのはおかしい。

「俺を含めたアリババ40人隊の平メンバーや、ラックシップみたいな普通の幹部は、基本ビルドの五つしか覚えられなかった。だが『全方見聞録』に名前が出てくるような奴らは違う」

その疑問に、ジョンマンは嫌そうに答えた。

「あいつらは五つの基本スキルを修めたうえで、それぞれが別々の第六スキル、第七スキルを会得していた。『全方見聞録』で描写されていたそれぞれの個性は、それが該当する」

彼の嫌悪感は、格上への嫉妬に他ならない。

「それができるのは、人類最高峰の才能を持ったうえで脇目も振らず鍛え続けた、世界最強格の実力者たちだけだ。君たちでは人生をかけたってマネできるもんじゃない」

そこまで聞いて、コエモとオーシオはいまさら気付いた。

この世の物とは思えない実力を持つジョンマンやラックシップも、世界最強でも何でもない。『全方見聞録』に名前も出てこない、モブキャラクターだったのだ。ならば名前の出てくる、ネームドたちはどれほどの化け物なのか……。

そうして考え込む二人へ、ジョンマンは本題を切り出す。

「いよいよ、訓練施設に入ってみようか」

こうして三人は、御殿のすぐそばに立つ、大きな倉庫のような建物、そのうちの一つへ入っていった。

内部に入って真っ先に目に飛び込んでくるのは、壁の一面を覆う鏡であった。姿見と呼べるサイズの大きな鏡が、隙間なく並べられているのである。

鏡と言えば高級品であり、全身を映せる物なら更に高い。それを大量に並べてあるのだから、二人の乙女は声を失うほど驚いていた。

「鏡張りの壁だけじゃないぞ、床材も上等なのを使っている。ちょっと踏んでごらん」

「あ、はい……ん、なんですか、この床？」

「硬いけど沈む……なにこれ？」

「ダンジョンで採集できる、ウェットロックという石材を加工して作った弾力性のある床だ。転んでもケガをしにくいし、重いものを落としても壊れにくい優れものだよ」

単なる壁、単なる床にさえ高級なものが使われている。コエモもオーシオも、深く踏み込むことを躊躇《ちゅうちょ》しそうになる。しかしジョンマンはずいずい入っていくので、おずおずと続いた。

「あそこに見える小部屋に運動着を用意してあるから、好きなのを選んで着替えてくれ。ちなみに運動着はしこたま買い込んである。どれでも好きなのを着ていいぞ。まあサイズも適当だから、その段階から選んでもらうことになるが……」

（すごい無駄な買い物をしてる……）

（ここで『そんなにお金を使っていいんですか』と聞いたら、さっきの繰り返しですね……）

こうして二人は、運動しやすい服へと着替えることになった。第一訓練場内にある小部屋には、多くの運動着がかけてあった。二人はまず各々のサイズに合った運動着を探し、そこからさらに好みのものを決めた。

「よし、運動って感じがするよね！」

「私はこれで……」

コエモは半袖半ズボンに、オーシオは長袖長ズボンに着替えていた。

豪華すぎる設備に面食らっていた彼女たちも、運動着に着替えることで修行に対して意識が向き始めていた。

そんな二人を見て、ジョンマンは説明を再開する。

「君たちにはまず、基本ビルドの『第一スキル』たるエインヘリヤルの鎧を習得してもらう」

エインヘリヤルの鎧、という単語を聞いて二人はびくりと震えた。先日までは絶対的な力の象徴であり、憧れでもあったものだ。

「それを極めていた兄貴が負けたんで、君たちの中では評価が下がっているかもしれないが、実際には一番重要なスキルと言っていい」

自身もそれを扱えるジョンマンは、改めてエインヘリヤルの鎧の重要性を説いていた。

「エインヘリヤルの鎧は、状態異常や能力低下を完全に遮断するうえ、あらゆる属性に耐性を持つ。接近戦最強のスキルは伊達《だて》じゃない、最初に覚えておいた方がいい」

なんの弱点もないというのは強みだ。攻略法が一切ないというのは、敵にすれば厄介であろう。

「しかも習得するだけならけっこう簡単なんだ。伝説だと『百戦錬磨の勇士だけが身に着けられる』とか書いてあるけど、実際は違う。筋トレして筋肉をつければいい、それだけだ」

ジョンマンの説明を聞く限りだと、本当に簡単だった。いっそ拍子抜けするほどである。

「身に着けられる鎧の程度も、筋トレの程度で変わる。実際半端な俺やラックシップより、極めている兄貴の方が筋肉ムキムキだったろ？」

「それじゃあゾウオウの鎧がしょぼかったのは、筋肉が足りてなかったからですか」

「その通りだ」

強いモンスターを倒せとか、人間を何人も斬れとか、そういう難しい条件ではない。勤勉な者ならば、それだけで誰でも習得できそうである。

（まあ……真面目に頑張るっていうのが一番難しいんだけどねえ……）

筋トレは誰でもできることだ。だが『誰でもできる』が本当に万人に適用されるわけではないと、ジョンマンはよく知っている。目の前の二人は頑張れる側だと、何となく察していたのだった。

※

筋トレ前のウォームアップを終えた二人の前に、ジョンマンは一つの腕輪を差し出してきた。

「コエモちゃんはそのままでいいけど、オーシオちゃんにはコレをつけてトレーニングしてもらうよ。

この効果は……」

　金属製の円柱を丸めて円にしたような、丸みのある腕輪。表面には文字が彫られており、妖《あや》しく輝いている。

「あ！　それ、マジックアイテムって奴ですね⁉　触ってみてもいいですか？」

「あ、ちょっと……」

「物語に出てくる、装着した人の力を底上げするマジックアイテムですよね⁉　うわ～～、初めて見た～～⁉」

　コエモがジョンマンの制止も聞かず、腕輪を手に取った瞬間であった。彼女は一気に脱力し、腰を抜かして地面にしりもちをついていた。

「え、え、え、なに、なに⁉」

「お、叔父上、これはいったい？」

　腕輪を持ったコエモに異変が起きたので、装着するよう言われていたオーシオも困惑している。

「コエモちゃんが持っている腕輪は、装着した人の力を強くするマジックアイテムじゃなくて、装着した人の力を弱くするマジックアイテムなんだ。パワーダウンリングっていうんだよ」

「え～～⁉」

「今のコエモちゃんが手に持ったら、自力で立つこともできなくなるぐらいの代物だよ」

「そ、そんな……本当に立てない……体が重くなったみたいに……」

「体が重くなったんじゃなくて、筋力が下がっているんだよ」

ひょいっと、ジョンマンはコエモが持っていた腕輪を手に取った。

腕輪から離れたことでコエモの体に筋力が戻り、彼女は一気に立ち上がる。

「こんなマジックアイテムがあるんだ……初めて知った！」

「叔父上、これはなんのためにあるアイテムなのですか？　力を強くするならともかく、弱くする意味とはいったい……」

「元は手錠みたいに簡単には外れないようになっていて、力のある囚人に装着させるんだよ。そうすることで脱走を防ぐことができるんだ」

「なるほど……壁や檻《おり》を破壊させないための処置ですか」

それなりの実力者なら素手《すで》でも牢屋を破壊できるため、こういう道具でもないと拘束することができないだろう。

弱くする道具も使いよう、と彼女は納得していた。

「それじゃあまさか……オーシオちゃんは、これからずっと、一人前になるまでこれをつけるとか!?」

ちょっとワクワクしている顔で、コエモはとんでもないことを言い出す。これにはオーシオもびっくりしていた。そんな二人を見て、ジョンマンは慌てて訂正する。

「普通にトレーニング中だけだよ。ずっとつけてたら、筋肉に負担がかかりすぎてむしろ逆効果なんだ。大体その理屈だと、コレをつけられている囚人も強くなっちゃうじゃん」

「あ、そうですね……」

(よかった……)

当たり前の話を聞いてほっとするオーシオに、ジョンマンは腕輪を差し出す。

「君はもう筋力が備わっているからね、これをつけて筋力を弱体化させておいた方が効率よくトレーニングできるんだ」

「わ、わかりました」

先ほどのコエモを見たので、思わず緊張するオーシオ。恐る恐るジョンマンから腕輪を受け取ると、その瞬間体が重くなっていた。

「おお……」

「だ、大丈夫!?」

「ええ……私は鍛えていますから」

先ほどのコエモは立っていられないほどだったが、今のオーシオは余裕があるようだった。心配しているコエモに、笑顔を向けるほどである。

「おおぉ……さすが近衛騎士！　鍛えてるね！」

「ええ！」

日頃の鍛錬の成果を褒められて、オーシオは得意になっていた。

そんな二人の前で、ジョンマンは自分も腕輪をつけていく。それも、一つや二つではない。オーシオが身につけている物よりも格段に太く強力そうな代物を、いくつも両腕につけていった。

「それじゃあ俺も同じように制限するから、一緒にトレーニングを始めようか」

今のジョンマンは、大幅に筋力を低下されているはずだった。それこそオーシオであっても、立ち上がるどころか起き上がることもできなくなるほどの低下であろう。にもかかわらず、ジョンマンは平然としている。

コエモもオーシオも言葉を失った。

「……あのさあ。一応言っておくけど、俺でも兄貴には劣るんだからね？　いずれは君たちにも、これぐらいできるようになってもらわないと困るんだからね？」

「そうですね……いつまでも怖気《おじけ》づいていられません！」

「わ、私もそれができるようになるまで頑張ります！」

目の前の相手を理解の及ばぬ化け物と思うのではなく、目指すべき目標だと再認識して、同じことができるようになるため頑張ろうとした。

「よしそれじゃあ、スクワットからやろうか！」

事前の説明と準備を終えたジョンマンは、いよいよ本格的なトレーニングを開始するのであった。

「スクワットってなに？」

コエモはまずスクワットを知らなかったため、隣にいたオーシオに質問をする。

「脚や臀部《でんぶ》を鍛えるトレーニングですよ。私も父のもとでよくやっていました。このように……！」

筋力が低下した体で、オーシオはスクワットを始めた。腕を振りながら、何度も何度も高速で行っている。しかし……。

「ああ、ダメだよオーシオちゃん。そのやり方だと膝が悪くなるからね。それに反動を使ったらダメだ、もっと負荷がかかるようにやらないと。ほら、鏡に映った自分を見ながらやってね」

早速壁に張られている鏡を利用しながら、オーシオに正しいフォームを指導していくジョンマン。

「ん～～！　こ、これ、きついですね！」

そんな二人を見ながら、コエモも見よう見まねで初めてのスクワットに挑戦していく。

「ああ、コエモちゃん。息を止めながらやったらダメだよ。それから腰を下ろす時は、一回止めようね～～」

ジョンマンはフォームだけではなく呼吸にさえも指示を出し、彼女たちへ最高効率の指導を行うのであった。

※

そうして仰々《ぎょうぎょう》しく始まったトレーニングは、それほど長く続かなかった。準備も含めて、二時間ほどでクールダウンまで終わっていた。ジョンマンは初めての指導を終えると、安心したように息を吐いていた。

「よし、今日のトレーニングはここまで。明日明後日もお休みだから、明々後日《しあさって》に備えて英気を養ってくれ」

「え、えええ!?　い、いくらケガをしないためとはいえ、休みすぎじゃないですか!?　もっとこう、朝日が昇ってから沈むまで特訓するとか、毎日休みなく修行とか、そういうのはないんですか？」

物凄《ものすご》く動揺した様子で、コエモが大声を出していた。やる気のみなぎっている彼女からすれば、トレーニングの時間が短すぎると感じたのだろう。

「そういうのは別のスキルを習得する時にやる」

「……あ、やるにはやるんですね」

後々やるよ、と言われると少し怯《ひる》んでいた。

「コエモちゃん、どのみち明日は動けないと思いますよ。全身が筋肉痛で悲鳴を上げるかと……」

筋トレを始めたばかりの人間につきものの、翌日の筋肉痛。全身を鍛えたからこそ、全身が悲鳴を上げるのである。オーシオはそれを知っているため、二日間の休みに文句を言わなかった。

「き、筋肉痛……ですか。なんか地獄だって聞くアレ！」

「わかったら今日は部屋に入っておとなしくするんだね。じゃあ、解散」

初日のトレーニングを終えたジョンマンは、クールダウンを終えたばかりの二人を置いて第一訓練場を出た。空模様を確認すると、空はまだ青かった。晩飯の準備をするにも、まだ早い時間である。

「……散歩でもするか」

初めて人様の子供を預かって指導したことで、ジョンマンは正直疲れていた。やりがいは感じられたし面倒にも思わなかったが、それでも慣れないことをすると疲労するものである。

肉体的な疲労ではなく精神的な疲労であるため、家に帰って寝るなどの休憩をする気にはなれず、のんびりと近所を散歩することにした。もとより彼の故郷である、歩いていれば若いころの思い出がよみがえり、過去に浸ることができていた。だがそれも長くは続かない。

指導することになった、コエモやオーシオの将来を考えるに至っていた。

「あの二人はとても真面目で素直な良い娘たちだ、生徒としては理想的ともいえる。この調子で鍛えていけば、五年後には俺のスキルをすべて習得できるだろう」

コエモとオーシオは、お世辞にも天才ではない。しかし真面目で素直という得難《えがた》い性格をしている。

だからこそ途中で投げ出すことなく、最後まで修行をやり遂げられるだろう。それはジョンマンにとっても、大いに意味がある。子供を作らず、かつ弟子などもいなかった彼にとって、自分のスキルビルドの後継者というのは、生きてきた証《あかし》ということになるからだ。

それを素直に受け入れられないのが、ジョンマンという男であった。

「……俺の指導で、あの子たちは強くなる。でもそれは俺の手柄か？」

二人が精神的に優れているのは、それぞれの親がきちんとしつけていたからである。そんな二人の成長の功績は、自分だと言えるだろうか。

「いや、俺が教えて強くなるんだから、俺が強くしたと言っていいのだろうけども、でも内心で引っかかるんだよなあ……あの子たちが不良だったりして、やる気がなくて、それを俺が更生させて社会復帰させたとかならともかく……いや、それは逆に無理だな。俺にそこまでのやる気はないか……」

これというのも、自分が師匠としてそこまで優秀ではない、という自覚があるからだろう。もしも彼女たちが途中で飽きて投げだしそうになったら、あっさりと見捨てるという確信がある。

やる気のある子もそうでない子も育ててこそ、一人前の指導者だろう。それをわかっているジョンマンとしては、これから訪れるであろう未来に対して達成感を期待できずにいた。

「結局、兄貴もギュースも……子育ては成功しているんだよな。エツーケ君は心折れたらしいけど、そりゃそうだって状況だし……トーラちゃん、だっけ？　コエモちゃんのお姉ちゃんも、まともに仕事をしているもんな……はぁ」

すっきりしない感情を彼は抱えていた。それを理由に彼女たちへの指導を辞めることはないし、手を抜くこともないし、彼女たちに伝えることもない。しかし微妙に喜びきれない心境であった。

晴れぬ気持ちのまま歩いていると、ミドルハマーの外側を半周する形になっていた。ジョンマンの家の反対側に当たるそこには、多くの若者とそれを指導する男性たちがいた。

「もっと力を込めて斬れ！　相手はモンスターなんだぞ、牽制《けんせい》なんぞ考えるな！」

「バカ野郎、仲間を斬る気か！　一人前でもないくせに、斬りかかる前は味方の位置を確認しろ！」

「ソロでやりたい？　バカが！　そういうことはいっぱしになってから言いやがれ！」

サンドバッグ代わりの案山子《かかし》が、いくつも並んでいる。それを数人の若者が囲み、剣で斬りつけている。若者たちはお世辞にも真剣ではないが、指導する男たちはそれこそ殺す勢いで真面目だった。時折暴力を振るうほどである。

どこにでもある田舎冒険者の訓練風景を、椅子に座って見守る男がいた。杖《つえ》を抱えて座っており、体には包帯を巻いている。元ミドルハマー一の冒険者、ギュースであった。

「よおギュース、暇か？」

「……お前か。落ちぶれた俺を笑いに来たのか？」

「いや、見かけたから話しかけただけだ」

「そうかよ」

ジョンマンはごく自然に話しかけ、ギュースもそれを受け入れていた。

互いの顔を見合うのではなく、若手たちの訓練を眺めていた。同じ方向を向きながら、二人は話を始める。

「コエモの奴、今日からお前に弟子入りするって張り切ってたぞ。なのに、なんでお前はここにいるんだ」

「密度を上げて、短時間で終わらせてる。長々やってると集中力が切れるしな」

「ふ〜〜ん。海外帰りは言うことが違うな。自分に比べればここのやり方は、非効率的で笑えるぜってか？」

「……毒のある言い回しだなあ」

言葉は刺々《とげとげ》しいが、声色に必死さや過激さはない。それこそ言葉だけ突っかかっている、そんな印象を受ける。ジョンマンもそれをくみ取って、軽く合わせていた。

「なんかいいことでもあったのか、ギュース」

「このナリの俺に聞くか？　海外ではそんな嫌味が流行《はや》ってるのか？　それなら海外になんか行かないのが正解だな」

「やっぱり上機嫌だろ。そんな体なのに、後悔とかないのか？」

「……まあな。元々そろそろ引退するか、仕事を減らそうと思っていたんだ。それがちょっと早まっただけだ。まあ受け入れてるよ」

「家族もいるしな……いるしな……いいなあ、いいなあ……」

「お前はそんなくだらないことにコンプレックスを抱えてるのか。子供なんて、あそこで訓練受けてる若手連中にだっているんだぞ」

「おぉう……ああ……ううう……」

「もっと傷ついてきたな……これ以上話を逸《そ》らすなよ」

自分より年下の若手が、もう結婚していて子供もいる。その残酷な現実に、ジョンマンは打ちひしがれていた。

「……ま、家族がいてよかったとは思ってるよ。その家族を養えるだけの蓄えもあるし、少し早い気楽な隠居生活って奴さ」

「それが楽しいって話か？」

「いや……少し違う」

ここでヂュースは、遠くに見える若手たちの訓練に意識を向けた。

「引退した高ランクの冒険者は、若手中堅冒険者の育成に力を入れてる。少し前までならそんなもんは自力で覚えろって言っていたが、今はそんな余裕のある状況じゃないんでね」

「その育成にお前は参加してないけどな」

「ほっとけ……まあ、嫁からも参加するよう言われているよ。見込みのある奴を後継者にして、最深部に潜るノウハウを教えろってな。もちろんその方が稼ぎもいいから、若手からもお願いをされてるよ」

「……無謀じゃないか？」

「ああ、無謀だ。仮に俺がすべてのノウハウを吐き出して、アイツらがそれをすべて受け取っても、根本的に実力が足りない」

若手中堅冒険者たちは、そもそも弱いのである。ヂュースからノウハウを習っても、最深部に到達するより先に、浅い階層のモンスターに殺されるだろう。実力が備わっていないのに、攻略法だけ習っても意味がない。むしろ攻略法があるから安心だと勘違いして、無謀な挑戦をしかねないのだ。

「嫁は現場を知らないから、そのあたりがよくわかってねえんだ。まあ俺は俺でギルドの経営についてはわかってないから、お互いさまで……、俺が引退したせいでどれだけ損害が出てるのかわかってないんだけどよ」

ギュースは、卑屈に笑っていた。

「いまさらながらにわかったよ……俺には価値があったんだ。俺が引退したことで、多くの人が迷惑している。俺の存在は無価値じゃなかったんだ……」

町一番であった自分が引退したあとも、つつがなく後任が決まって運営されていくなど、考えるだけでも恐ろしい。後任が決まらず右往左往している現状を、喜ばしく思ってしまう。

自身でも卑しい考えだとわかっているが、それでも笑わずにいられなかった。

「まああとは……これでもう、コエモに無茶を言われなくて済むってことだな」

「無茶？」

ギュースは現役を引退したことで、気が楽になったようである。

「父親の俺が言うのもなんだが……アイツは相手の真意を読み取って話してくるんだよ……」

「あ～～……うん」

「俺がお前やハウランドについて愚痴を言ってると『お父さんは外の世界に出た人が羨ましいんでしょ？』とか『今からでも外に出て冒険すればいいじゃん』とか『それをしないんなら文句を言わないでよね』とか言うんだよ……」

コエモの言うことがもっともであり、それをできない自分が悪いのだと、ギュースは悲しげに認めていた。

「嫁や長女はギルド経営に関わってるから、俺が他所《よそ》に行ったら困るって知ってるんだよ。だからそんなコエモを叱りつけてたが……俺自身は、コエモの言う通りだと思っていたんだ」

ギュースはミドルハマーにとって必要な人材だった。彼が倒れたことで、実際に被害も生じている。だからこそ彼はミドルハマーで働くべきだった。少なくとも、町の人々はそう思っていた。

しかしギュース本人にとってそれは、逃避であり代替行動であり言い訳に過ぎなかった。

自覚があるからこそ認めたくなかったが、自分の娘であるコエモはずけずけと踏み込んでくる。

「コエモから『今からでも頑張ればいい』と言われるのが、俺はずっと怖かった、嫌だった。でももうさすがに言われることはないからな……安心してるよ」

諦めた夢が永遠に叶わなくなった。それが安心、安堵につながることもある。夢を叶える機会を失ったからこそ、ギュースはそれを認めることができていた。

「コエモはこの国を出て、世界を冒険したいらしい。そのためにお前の弟子になるって言ってたんだけどよ……。実際どうだ、やれそうか？」

自分の心中を明かしたあとのギュースは、娘の将来を案じる父親の顔になっていた。

「五年あれば十分行けるだろう」

「……ずいぶん自信ありげだな、逆に心配になるぞ」

「俺のスキルを全部教えるだけだからな、本人のやる気があれば簡単だ」

本人のやる気があれば簡単、という言葉はヂュースとジョンマンにとって重かった。

「そうか……コエモは優秀な子だな。俺やお前とはエライ違いだ」

「まったくな……でもあの子を育てたのはお前だろ。オーシオちゃんも育てたのは兄貴だ……切なくなるぜ」

ジョンマンが何を言いたいのか、ヂュースには痛いほどわかる。ハウランドと違って、お互いにダメな子供だったと自覚しているがゆえに。

「なあ、ジョンマン。お前は強くなったが、それは誰か一人のおかげなのか？　アリババ40人隊に属していたらしいが、その手柄は全部アリババって奴のもんで、お前は関係ないのか？」

ヂュースは優しく笑い、ジョンマンを励ましていた。

「コエモがいい子に育ったのは、俺や嫁の力だろうよ。だがコエモが強くなれるのは、お前の力があってこそだろ。お前はそれを誇ればいいじゃねえか」

次世代に伝えられるだけの何かを一つでも持っていて、後進に伝えようとしている。十分に誇れることだと、ヂュースは太鼓判を押していた。

「……ヂュース、ありがとな」

「コエモがいい子になったのは自分のおかげだなんてぬかしたら、さすがにぶっ殺すがな」

「……わかってるよ」

「あと、手を出しても殺す。色恋沙汰《ざた》に首突っ込む気はねえけどよ、さすがに歳《とし》を考えろよ」

「……わかってる、もちろんわかってる」

「本当だろうな。なんかあったら容赦しねえぞ！」

「わかりまくってるから、安心してくれ」

父親の顔をしたデュースに睨《にら》まれる中で、ジョンマンは……。

（そうだよな……やっぱり俺は正しかったんだな……）

正直、内心ほっとしたのだった。

※

ジョンマンが二人に指導を始めて、その翌朝である。ジョンマンは自宅で目を覚ました。隣に御殿を建設させたが、彼自身は今までの家で過ごしている。むしろ二人と違う家で生活するためにこうしたのだから、当然と言えるだろう。

起きた彼がまずしたことは、二人の暮らす御殿に行くことであった。とんでもなくでっかいドアの前に立った彼は、強めにノックをする。

「二人とも〜〜ジョンマンだけど、入るよ〜！　入っちゃだめなら、それはそれではっきり言ってね〜！」

ノックしてしばらくしたのち、入ろうとドアノブに手をかけて、そこでぴたっと止まった。

「もう一回聞くよ！　入っていいかい～～？」

更にノックして、慎重に確認をする。

「最後だよ～～！　入るね～～！」

何度も警告をしてから、ジョンマンは御殿のドアを開けて入った。当然ながら、玄関の入り口を開けたら即彼女たちの部屋、というわけではない。豪華な入り口を通って、廊下を通って、コエモの部屋のドアの前に立った。

普通に考えれば、この部屋にコエモはいるはずである。時間帯を考えれば寝ていても不思議ではないし、最悪着替えているかもしれない。

その可能性がある時点で、この部屋を訪れること自体に無理があった。にもかかわらず、彼がここにいるのには相応の理由がある。

「コエモちゃ～～ん、俺だよ、ジョンマンだよ～～。今、入っていいかい？」

「じょ、ジョンマンさん……。は、はい、入ってきてください～～……」

部屋の中にいるコエモは、か細い声で入ってきてくれと願ってきた。

「本当にいいの？」

「はい～～！」

「実は今着替えているとか、変な格好で寝ているとか、そんなことないよね？　その場合、俺はヂュースの前で自殺しないと償えないレベルの悪行を犯すことになるんだけど」

「た、助けてください～～！」

確認を繰り返すジョンマンに対して、コエモは早急な助けを求めた。

「その助けて、というのは、俺に対して入ってくるなって意味かい？　それとも入ってほしいという意味かい？」

「入ってきて、助けてください～～！」

「よし、任せろ……いや、ちょっと待って、心の準備が必要だから」

「助けて～～！」

ジョンマンは何度か深呼吸をすると、コエモの部屋のドアを開けた。コエモの寝ているベッドの前に立ち、寝間着姿の彼女を観察する。

「う～～む、やっぱりこうなったか。ちゃんと寝る前にストレッチしても、こんなもんだよな」

「痛いですぅうう！」

ベッドの上で寝ているコエモは、筋肉痛により苦悶《くもん》の表情で震えていた。

「こうなるってわかってたのなら、なんでもっとすんなり入ってきてくれなかったんですか～～！」

「いやだって君……。うら若き乙女の住まう家にだよ、オラオラって入ってくる大人の男をどう思う？　控えめに言って最低だろう？」

「そう、ですね。はい」

ジョンマンは正当性を主張し、コエモは返す言葉もなく納得した。

「一応言っておくけど、放っておいてもそこまでひどくはならないよ。今日と明日は、元々休んでもらうつもりだったしね。そのうえで質問するけど……」

「なんですか～～」

「俺が君の体を触って、掴《つか》んで、動かして、ストレッチをさせればかなり改善するよ」

「じゃあお願いします～～」

「もうちょっと悩んだ方がいいんじゃないか？　君の体のことなんだし……」

「お願いしますぅ～～」

「……やっぱりだめだ、やめよう。こういう、人が弱っているところへ付け込むのは良くない気がする」

「助けてって言ってるじゃないですか～～！」

ジョンマンは救いの手を差し伸べることをためらっていた。今まさに救いを求めている子が目の前にいるのに、誰かが咎《とが》めているわけではないのに、自分にも下心がないのに、それでも世間体を気にして手が出せなかった。

「ものすごく辛いんですぅ～～！」

「それは知ってるけども、俺の都合も考えてほしいなあ……」

モラルを重視しすぎて逆にモラルを見失っているジョンマンへ、後ろからオーシオが声をかけた。

「叔父上……コエモちゃんを、助けてあげてください。そのあと、私もお願いします……」

「ん、オーシオちゃんか。やっぱり君は筋肉痛が軽そうだね」

「そうですね……私も騎士の端くれですから。むしろここまでひどくなるなんて、思ってなかったです……」

「俺の指導は全身を鍛えるから、普段使ってない筋肉も疲れるし、普段使っている筋肉も普段しない動きをするからねえ」

コエモの部屋のドアの前で立つオーシオは、コエモよりはマシなようだった。それでも筋肉痛があるらしく、生まれたての小鹿のように震えながら、ドアの縁に寄りかかっていた。

「ん……そうだな、このままだと良くないよな」

オーシオからも助けてあげてくださいと言われたジョンマンは、少し悩んだあと決断した。

「オーシオちゃん、俺は誰かに背中を押してほしかっただけなのかもしれないね」

「早くしてください、叔父上……」

「わかってるよ。それじゃあ二人とも、居間に移動しようか」

ベッドで寝ていたコエモと、ドアの縁に寄りかかっていたオーシオを、ジョンマンは軽々と担ぎ上げた。二人が揺れないように配慮しながら、リビングへと移動する。

御殿の中にあるリビングは、二人で使うには広すぎる部屋であり、床には豪華なじゅうたんが敷かれていた。ジョンマンは机や椅子などを足で動かして、二人が寝転がれるスペースを作ってから、よどみなく二人を床に下ろした。

「ジョンマンさん……なんかすごく楽だったんだけど、人を運ぶの慣れてるの？」

「俺も昔は仲間と一緒に危険地帯へ入っていたからね。ケガをしている仲間を運ぶのは日常茶飯事だぞ」

「おお……にじみ出るプロ感。父とえらい違いです」

「いや、アイツだって同じようなことはできると思うが……」

「自慢の仕方がさりげないってことですよ。父なら自分から説明し始めて、こっちはげんなりするんです」

「自慢の仕方を競い合っても仕方なくないか？」

二人の女子を、リビングの床に寝かせる。寝室から移動してきただけで、いかがわしい空気はだいぶ緩和されていた。ジョンマンは心置きなく、施術に入ることができた。

「それじゃあまずはコエモちゃんからいくぞ。一応言っておくけど、痛くても抵抗しないでね」

「……わ、わかりました」

「それじゃあ体を触って掴んで動かすぞ～～」

(ジョンマンさんは説明過多だから、いかがわしさが増すんだよねえ……って！)

ジョンマンはコエモの体を掴んで、無理のない範囲で動かし始めた。当然ながらコエモの体は悲鳴を上げて、コエモの口から悲鳴が上がった。

「ぎゃあああぁ！」

「そんなには痛くないだろう、大げさだな」

「で、でもなんかこう、痛いです！」

「我慢しなさい、本物の冒険者になるんでしょ」

女子を性的な目で見ていると勘違いされることには抵抗を覚えるが、実際に女子に悲鳴を上げさせることには何の抵抗も覚えないプロ意識があった。

そんなに高等なことをするわけでもないので、数分で施術は完了していた。

「……痛いだけで楽にならない。嘘《うそ》じゃないですか」

「そんなすぐに効くわけないだろう、大人しくしてなさい。さ、今度はオーシオちゃんの番だ」

「お手柔らかに……。い、いだだだだ！」

「あ～～、なんかオーシオちゃんの方が楽そうじゃないですか？　姪のことをひいきにしているんですか～？」

「もともとオーシオちゃんの方が筋肉痛が軽かっただろ、それだけのことだよ。さて……お灸《きゅう》をすえるか」

ここでジョンマンは二人をうつ伏せに寝かせて、背中が露出するように寝間着をまくった。そしてその素肌の上に、乾燥させた薬草を載せて火を点《とも》した。居間の部屋の中に、薬草が燃える匂いが充満し始める。

「叔父上、何をしたんですか？　なにか背中が温かくなって、傷みが引いてきたような気が……」

「お灸っていってね、乾燥させた薬草を体の上で弱く焼くんだ。そうすると不思議なもんでね、体の疲労が取れるんだよ」

「こういうのは最初からやってくださいよ！　あ〜〜楽になってく〜〜」

「ストレッチをした後じゃないと、効果が薄いんだよ。あと燃やしていることに変わりはないから、動いちゃだめだよ」

コエモとオーシオは、お灸による疲労回復にうっとりとしていた。幸せそうな二人を見て、ジョンマンは将来について話し始めた。

「……そのまま聞いてほしいんだけどさ。君たちも察している通り、俺は自分の人生を後悔している。君たちが俺の強さに憧れてくれているのは、正直悪い気はしない。でも……君たちに俺のように生きてほしいわけじゃないんだ」

ヂュースの娘であるコエモと、ハウランドの娘であるオーシオ。二人はとても真面目でまともで、良い子たちだ。彼女たちを見ていると、彼女たちの父親に羨望や敗北感を抱かずにいられない。

「俺は……名誉や財産、刺激や冒険を求めて旅に出た。多くの試練を越えて、真面目に努力をして、それを成し遂げた。それでも……それでも、こんなもんなんだ」

欲しかったものをすべて手に入れても、人生を後悔している。それならばそもそも、そういう生き方を選んだこと自体が間違っていたのではないか。

最深のダンジョンに潜っている間、家に帰るまでの間、故郷で過ごす間。ジョンマンはそれを考えずにはいられなかった。

「俺は確かに強いが……俺のような強さを求めないでほしい。強さだけを求め続けていたら、俺のような……求めたものを手に入れても、子供や弟子に愚痴ばかり言う大人になる。だから君たちのお父さんのように、こう……私生活とのバランスを考えてだねえ……」

ジョンマンとしては、私生活と仕事、目標と現実のバランスが取れている大人になろうね、という結論にもっていこうとしたのだ。

片方ずつでも大変で、両立は困難だろう。しかし彼女たちの親はその成功例なのだから、夢物語ではない。

「あの、ジョンマンさん。何度も言ってますけど、私の父も子供に愚痴ばっかり言う大人ですよ」

「私の父も……その、ラックシップに負けたあとはとても後悔していて、俺のようになるなと言っています」

「……え、いや、でもさあ、その……ほら！　兄貴もデュースも事故に遭ったようなものでさあ！運が悪かったようなものじゃん！」

彼女たち自身はその成功者を親に持ち、なおかつその愚痴も聞いている。だからこそ逆に、ジョンマンの語る立派な大人に共感しきれなかった。

「後悔のない人生なんてない、ってことでいいんじゃないですか、ジョンマンさん」

「……君はものすごく雑にまとめるねえ」

「違うんですか？」

「いやまあ、そうなんだけども……」

夢を叶えても後悔するし、適当なところで妥協しても後悔するし、順調な人生を送っていても後悔する。人生なんてそんなもんじゃね。コエモはそう開き直った。

（じゃあ俺の深刻な後悔も、他人からすれば『そんなもんじゃね』で片付けられるのか）

自分の苦悩が雑に評されたことに、ジョンマンはやるせなくなるのであった。

（ジョンマンさんはジョンマンさんで、父さんが負けて傷ついていた時に『そんなもんじゃね』って感じだったよね）

（叔父上も父上が負けた時に、『そんなもんじゃね』という感じで、まったく深刻に受け止めていなかったんですけど……）

なお、ジョンマン自身も他人の挫折に対して、大した感慨は抱いていなかった模様。

第四章　スキルビルドの更に先

急ピッチで建造された第一訓練場の中で、コエモとオーシオはトレーニングに励んでいた。

コエモも鍛錬を積んだことでパワーダウンリングをつけるようになり、オーシオは以前より更に筋力を低下させるリングへ更新していた。

「ん、ん～～！」

「すぅ～～！　はぁあ～～！　すぅ～～！　はあ～～！」

それを身につけたうえで、二人はスクワットをしている。

「はい、息を吸って～～、吐いて～～……しっかり腰を落として～～……はい、止めて～～。重量を感じてから～～……はい上げて～～……膝の位置を注意、関節を痛めないで～～」

その二人へ、ジョンマンは指導を行っていた。正しいフォーム、正しい回数、正しい重量。そして何より、いざという時に支える係。そんなトレーナーである彼は、あくまでも神妙な面持ちで臨んでいた。

「はい、ここまで～～」

「あ～～！　キツ！」

「あ、ありがとうございました……」

「はい二人とも、水分補給してね。しばらく休憩したらもうワンセットだから」

「……はい」

「わ、わかりました、はい」

ジョンマンが指導する下で行われる筋トレは、それこそ短期集中である。休憩も秒刻みで行われ、水分補給も休憩時間も管理下にあった。

（私もパワーダウンリングをつけられるようになったけど……前と辛《つら》さが全然変わらない、楽にならないよ～！）

（叔父上が脅していた理由もわかる……これは限界ぎりぎりを攻めている分、近衛《このえ》騎士の特訓よりもきついかもしれない！）

体が壊れることはないが、辛いことに変わりはない。二人の乙女は、短期集中ゆえの辛さを味わっていた。

「二人とも偉いなあ……高いモチベーションを維持している。昔の俺だったら、今頃『ふざけんな』とか言って暴れてるぞ……。いや、暴れてたわ……そして鎮圧されたたな」

一方でジョンマンは、自分の修行時代と比較して打ちのめされていた。

（いやまあね、これがある意味普通なんだけどもね？　あの『バカ』どもはこの子たちよりめちゃくちゃ張り切ってて、すげえうっとうしいほどだったんだけどもね？　でもさあ……普通に優秀な子って、それはそれでアレだわ……俺もこうだったら、人生楽だったんだろうか……その場合、この町を出ていないだろうけども……）

自分から修行すると言い出しただけに、二人のやる気は十分である。しかしジョンマン自身は『自分からやると言い出したのに途中で投げ出すダメな子』だったので、どうしても切なくなっていた。

「ん……よし、休憩終わり！　もうワンセット！」

「はい！」

ジョンマンは自虐を振り切り、修行の再開を宣言した。コエモとオーシオは、短期集中ゆえに濃密な筋トレをこなしていったのだった。

※

その日も第一訓練場での筋トレは終わっていた。ジョンマンは自分の家に戻っていき、コエモとオーシオも第一訓練場を出て、そのまま御殿に入ろうとしていた。

その途中で、修行の成果について話し合う。

「私たち、強くなってるよねえ……。これはもう、ラックシップの部下なら倒せるんじゃないかな!?」

（ラックシップの部下は、ゾウオウ以外は町のチンピラみたいなもので、勝っても自慢にはならないと思うわ……）

確実に強くなっていく体に、コエモは自信をつけつつあった。ジョンマンに弟子入りする前とは、もはや別人と言っていいだろう。

今にも暴れだしてしまいそうな興奮状態のコエモを見て、オーシオは少し不安になる。ここはひとつ、釘《くぎ》を刺しておくべきであろう。

「貴女《あなた》はまだ筋トレをしているだけですから、戦闘能力はそこまでではないでしょう？　おそらく、この町で修行している若手冒険者にも勝てないと思いますよ」

「う……それは、そうかも。まだまだジョンマンさんの域は遠いよねえ……」

コエモもオーシオも強くなっているが、おごり高ぶることなどできなかった。

（そう……私はまだ弱い。もっともっと強くならなければ……！）

上達を喜ぶのはいいが満足してはいけない。オーシオは自分に言い聞かせつつ、しかし希望に胸を高鳴らせていた。

（焦ることはない……。叔父上の元で指導を受けていれば、必ず強くなれる！　父上をも超える、最強の近衛騎士長に！）

彼女もまた、理想の自分を描いていた。それをモチベーションにして、これからも頑張ろうと誓っている。

「ねえ、オーシオちゃん。他の訓練場も気にならない？」

オーシオの気持ちをよそに、コエモは突拍子もないことを言い出した。

「他の、訓練場ですか……」

オーシオはちらりと、自分たちが出てきた第一訓練場の隣にある建物を見た。大小異なる、四つの倉庫のような建物。おそらくそれらは……。

「第一訓練場がエインヘリヤルの鎧《よろい》を習得するためだけの施設なら……、他の四つはそれぞれ他のスキルを習得するためのものでしょう」

「やっぱりそうだよね！　見たくなるよね！」

好奇心で目を輝かせているコエモ。そんな彼女を、オーシオは否定したくなるが……。

「……まあ、見るだけなら？」

特に否定材料も思い浮かばなかったので賛成した。

自分も正直興味があるし、コエモは止めても一人で入りそうである。それなら自分が一緒の今入ればいい、と結論付けたのだ。

「第一訓練場は素材や設備こそ豪華でしたが、ただの鍛錬をする部屋でしたし……。他も同じかもしれませんからね」

「そんな面白くないことを言わないでよ～～！」

コエモとオーシオは、他の訓練場に入っていくことになったのである。

「じゃあまずは第二訓練場だね！　第一訓練場より小さいけど……どんなかな！」

「では……ん!?」

第二訓練場と書かれた建物の扉を開けると、一気に不快な音が解放されてきた。音程だとか音量だとかではない、ものすごくたくさんのスタッカート音が溢《あふ》れてきたのだ。二人は慌てて、そのドアを閉める。慌てた様子で、互いの顔を見合っていた。

「な、何でしょうか？　いったい、何の音だったのか……!?」

「わかんないけど……モンスターのうなり声、とかじゃないよね？」

「それは違うと思いますが……」

二人は意を決して、再び扉を開けて中に入る。するとそこには、大量の時計、振り子、メトロノームが並んでいた。それぞれが小刻みに揺れ動きながら、リズムを刻んでいる。

「え……これってもしかして、時計？　動いている時計、初めて見た！　私の部屋にある時計って、買った時から壊れてて動かないいんだよね」

「なんでそんなものを持っているんですか？　いえ、それはともかく……時計屋かと思うぐらい、たくさんありますね」

当然ながら、時計は高価な精密機械である。それを大量にそろえているとなれば、それこそ莫大な財力が求められる。ジョンマンがこれらを集めるために、どれだけの金銭を使ったのか想像もできない。

「ジョンマンさん……本当にお金持ちだね」

「底が知れませんね……」

「な、なんか音を聞いているだけで頭がくらくらしてくるから、出ようか……うん」

二人が話している間にも、精密にリズムを刻む機械がそれぞれに音を鳴らしている。正直、その部屋にいるだけで頭が痛くなりそうだった。

二人は早々にドアを閉めて、一息入れる。

「まあ……危険ではありませんでしたね」

「でもエインへリヤルの鎧を覚えたら、今度はこの中で修行するんだよねえ……きつそう」

「修行とはそういうものですから……。つ、次に行きましょうか！」

第二訓練場でどんな修行をするかはともかく、そもそもあの部屋に長い時間滞在する、ということがまず苦痛であった。想像するだけでげんなりしてしまう。

気分を入れ替えて、次の訓練場に入った。

第二訓練場の時を参考にして、ゆっくりと第三訓練場のドアを開ける。音の出る機械はなく、その代わり多くの棚があり、標本が飾ってあった。

「あ、あああ！　これ、これ知ってる！」

標本の一つに、コエモは近づいていった。高級そうな標本箱に保管されているのは、二つのキノコ。

どちらもまったく同じに見えるが、よくよく見比べるとわずかな違いがある。

「コレ、ウチの近所にも生えているキノコなんだよ。片方は食べられるけど、もう片方は毒なんだ！」

「他のサンプルも、同じようで違う品種の物が並んでいますね。有益な動物や植物を、見分ける練習をする施設ということでしょうか？」

「すごい冒険者っぽいね！」

「そう……ですね。冒険者には、必要なんでしょうね……。しかしここで得られるスキルは、戦闘で役に立つものなのでしょうか」

コエモは無我夢中で、棚に飾られている標本を見ていた。好奇心旺盛な彼女にとっては、ここは宝物庫に等しいだろう。

一方でオーシオは、そこまで喜べずにいた。冒険者を志すコエモと違って、父をも超える騎士を目指す彼女にとっては、正直興味を惹《ひ》かれない訓練であった。

「これは早くやりたいな～～！　じゃあ次、次に行こうか！」

「え、ええ……次は騎士らしい訓練施設だといいんですが……」

「騎士らしい訓練施設って何？」

「それは……う～～ん、剣や槍《やり》を振るう訓練施設でしょうか」

オーシオは騎士らしい訓練をしたいと言ったが、コエモから騎士らしいとは何かと聞かれると困っていた。よくよく考えれば、今やっている筋トレこそが騎士らしいと言えなくもない。

「そっか～～……じゃあ開けてみようね！」

弾四訓練場のドアは、ばん、と開けられた。

時計や標本などが大量に置かれているわけでもなかったが、やはり奇妙な部屋であった。

なにせ建物の中にまた小さな個室がいくつかあり、中を見れるようにガラス張りになっている。更にその中には、いくつかの計器が置かれていた。

「気圧計……温度計と書かれていますね？」

「温度はわかるけど、気圧ってなに？」

「さ、さあ……？」

二人はよくわからないまま、部屋の中を探検していた。

足元を見ていなかったためか、コエモは足を取られて転びそうになった。

「きゃ、きゃあああ⁉」

転んだだけならそこまで大声を出すことはないだろう。だがコエモはただ転んだのではなく、転落しそうになったのだ。

「こ、コエモちゃん⁉」

「た、助けて⁉」

なんともびっくりすることに、第四訓練場の中には深く大きな穴が開いていた。

コエモは縁に掴《つか》まっているが、今にも穴の底へ落ちていきそうだった。

「わ、わかりました！　行きますよ～～！」

筋トレ直後で疲れ切っていたオーシオだが、なんとかコエモを引き上げた。そのままの勢いで後ろに倒れていたが、なんとかコエモは無事である。

「ご、ごめんなさい……。助かった、です……」

「き、気を付けてくださいね……」

落とし穴のようにカモフラージュされていたのならまだしも、大きな穴は堂々とそこにあった。コエモが気付かなかっただけであり、完全に注意不足である。

「なんだろうね、この穴……」

「梯子《はしご》で一番下まで降りられそうですが……何のための穴なのやら……」

その穴は、ただ地面に穴がくり抜かれている、というだけではない。穴の底も壁面も『壁』として加工されており、なんなら水を溜《た》めることさえできそうである。

なんらかの目的で作られたのだろうが、二人には想像もできなかった。

「ここの部屋は用途が分からなかったね……」

「そうですね……ですが、本当に危ないところでしたから、最後は慎重になりましょう……」

「はい……ごめんなさい」

不注意から、大ケガをするところだった。二人はすっかり慎重さを取り戻し、第四訓練場をあとにする。

そして最後……第五訓練場の前に行った。

他のどの訓練場よりも小さいが、ドアだけはとても豪華だった。

装飾が派手とかではなく、やたら頑丈そうな素材でできており、なおかつ分厚さが外からでもわかるほどであった。そのうえ他の訓練場と違い、ここだけはドアがしっかりと施錠してあった。

「……な、なんだろう。見たことないぐらい太い鎖と、でっかい錠がついているんだけど……」

「そうですね……ぎっちぎちに封鎖してありますね……」

扉には幾重にも太い鎖が巻かれており、それを複数の錠前が固定している。しかもその錠前自体も、相当に高級で頑丈そうであった。

入ろうとするものを拒むどころか、中に入っているものを封印しているようにさえ見える。

「何があるんだろうねえ……？」

「わ、わかりません……おそらく第五スキルを習得するための施設なのでしょうが……」

そろって首を傾げる乙女たちは、そろってある確信をしていた。もしもジョンマンにこの訓練施設のことを聞いても、今は答えてくれないだろうということであった。

「オーシオ殿！　失礼します！」

第五訓練場の前で話をしている二人の元へ、一人の男性が走ってきた。

「貴方《あなた》は……」

「あ、近衛騎士の人だ！」

コエモが言うように、近衛騎士の一人であり、ハウランドの部下の一人だった男である。自信がなさそうな顔をしており、慌てていることがすぐにわかった。

「急ぎの報告がございまして……。よろしければ、ジョンマン殿にも話を通していただきたいのです」

「叔父上に？　何事ですか」

「近衛騎士長を招聘《しょうへい》していた件ですが……この度、国外から実力者をお招きできたのです」

ハウランドが引退したため、国王は国外の実力者をスカウトしようとしていた。それが成功したとの報告である。

「え、前は難しいって言ってませんでした？」

ジョンマンの家の前で盗み聞きをしていたコエモは、ここまで言ったところで慌てて謝った。

「ご、ごめんなさい！　国家機密とかでしたよね⁉」

「そこまで気にしなくてもいいですよ。……こんなにも早く新しい近衛騎士長が見つかるとは、私も思っていませんでした」

「どうやら時期が良かったようで、ちょうど新しい仕官先を探していた実力者を雇えたのです」

ハウランドはこの国で最強の騎士であり、並び立つ者など一人もいなかった。彼が倒れた時、代役や後任が立てられなかったほどである。

オーシオは自らを鍛えて解決を図ろうとし、国王は国外から実力者を招聘することで解決しようとした。どちらも間違っておらず、同時進行であってもおかしくはない。とはいえ招聘がこうも短期間で終わるとは、誰も思っていなかった。

ハウランド以上の実力者が国外にいるとしても、ド田舎《いなか》であるドザー王国に来てくれるとは思えないのだ。それだけ実力があるのなら、その故郷でも名を上げており、厚遇を受けているはずだった。

にもかかわらず招聘に応《こた》えてくれたのには、それなりの事情があるのだろう。

「新しい近衛騎士長は、ガオッカ王国のティガーザという方です。この国にも名が知られているほどの武人であり、ガオッカ王国でも厚遇を受けていたそうなのですが……彼自身は不満があったようで、我が国の出した条件を聞き引き受けてくださったのです」

「そ、そうですか……。交渉が成功したのなら、何よりです」

事情を聞いただけで、ハウランドとは大きく違う人物であることがうかがえた。正直良い印象は抱けなかったが、悪事を働いたわけでもない。オーシオは自分の感想を呑み込んでいた。

「……それ、慌てて言いに来ることなんですか？　オーシオちゃんはともかく、ジョンマンさんには関係ないと思うんですけど」

コエモは芯を食ったことを聞いた。話がここまでなら近衛騎士が直接説明に来る必要はないし、ジョンマンに話すようなことでもなかった。

「国王陛下は新しい近衛騎士長であるティガーザ殿に、ラックシップの討伐をお願いしたいようなのです。しかしせっかく招聘した近衛騎士長が、ハウランド様のように倒されてしまっては元も子もありません。そこでラックシップと互角の実力を持つジョンマン殿に、実力を確かめてもらおうとおっしゃっていました」

新しい近衛騎士長にラックシップを倒してほしいと思うのは、国王としては当然のことだ。しかし万が一のことを警戒するのもまた、当然のことである。

ラックシップと互角に戦ったジョンマンに確かめてもらえば、勝てるかどうか判断してもらえるはずだった。

これを快く思わない者がいた。当然ながら、ティガーザである。

「ですが、ティガーザ殿は事の経緯を聞いて激怒されました。こんなド田舎な国の盗賊風情に、俺が負けるとでも思っているのか、と」

「それは……そうでしょうね」

「それは私でも怒るかな……うん」

コエモもオーシオも、ティガーザの反応は理解できた。以前に『ハウランドはラックシップに勝てないかもしれない』とか『デュースではゾウオウに勝てないかもしれない』と言われていたら、彼と同じように怒っていただろう。少なくともエツーケは、『海外には兄貴より強い奴がいるよ』とジョンマンに言われただけでも怒っていた。

「なのでその……ティガーザ殿は、ジョンマン殿をぶちのめしてその勘違いを正してやるとおっしゃっておりまして……。無理を承知なのですが、ジョンマン殿にその話を引き受けていただきたいのです」

国王としては実力を確かめてもらいたかっただけなのだが、ティガーザは過激な反応を示したため、ジョンマンにかかる負担は増していた。

伝令としてやってきた近衛騎士も大分顔色が悪い。無理を承知でと言っているが、本当に無茶苦茶な話だとわかっているのだろう。

「オーシオちゃん、どうするの？　お願いしたら、聞いてくれると思う？」

「難しいと思います……。というよりも、そんな話をするだけでも怒らせてしまうかと」

会話で怒った人の返答として『それを言われた俺が怒るとは思わなかったのか？』という定型がある。ジョンマンに今回の話を伝えた場合、どういう言い回しをしてもその定型で返されるだけだろう。そうとわかっているのに、伝える意味がなかった。

「叔父上に話しても不機嫌にさせてしまうだけですから、断られたということにしましょう」

「おいおい、気持ちは嬉《うれ》しいが勝手に返事をしないでくれよ」

結論付けようとしたところで、ジョンマンが近づいてきていた。御殿はジョンマンの自宅の隣なので、話し合いの声が聞こえていたのかもしれない。彼は嫌そうな顔をしつつも、伝令の近衛騎士に返事を伝えていた。

「そのティガーザと戦うって話、俺は受けるよ。ただし王都に行くのは面倒だから、こっちに来てほしいな」

「よ、よろしいのですか?」

「だって俺が断ったらその人は帰っちゃって、新しい近衛騎士長をまた探し直すんだろ? そしたら俺が面倒になるじゃん。俺もいい加減学習したよ……、はあ」

ジョンマンの諦めに、コエモが一番同調していた。

「なんか、ジョンマンさんが対応しないと、どんどん事態が悪化していきますもんね」

「そうなんだよ……。ギュースの時も兄貴の時も、最初から俺が対応していればとっとと終わってたんだ。今回もそれを繰り返すわけにはいかないさ」

「は、話を受けてくださり、感謝いたします。ですがその……ティガーザ殿はだいぶ気が立っています。貴方が大ケガを負う可能性もありますが……」

伝令の近衛騎士にとっても受けてもらった方がありがたいのだが、真面目な彼は正直に状況を伝えようとする。しかしジョンマンは、どうでもよさそうに話を切った。

「大丈夫大丈夫、俺も相手もケガなんてしないよ。国王陛下の考え通り、穏便に終わるさ」

申し訳なさそうな近衛騎士に対し、気にしなくていいと言うジョンマン。しかしあまりにも不敵な態度に、コエモもオーシオも不安を抱かずにいられないのだった。

(本当に、大丈夫なのかな……)

(文句を言えるわけもありませんが……どうなるんでしょうか)

このような経緯により、ジョンマンは新しい近衛騎士長と戦うことになった。

※

嫌々ながらも、ジョンマンがティガーザとの試合を引き受けてから数日後。ティガーザは本当に、ジョンマンの元へやってきた。部下となるであろう大勢の近衛騎士を引き連れて、堂々と彼の前に立っていた。

ティガーザを見た者の最初の印象は『デカい』であった。まず単純に背が高く、肩幅が広く、胸板も分厚かった。そうした特徴はハウランドと同じだったが、どう見ても彼の方が数段たくましい。年齢もティガーザの方が若く、全盛期なのだろうがそれを抜きにしても先天的な素質が違う。つまり、ハウランドを超える天才、フィジカルエリートということだろう。

服装で特徴的なのは、虎の毛皮を使った帽子と腰帯だろう。帽子には頭部を、腰帯には尻尾を使っていた。

ラックシップと同様の、強者ゆえの傲慢《ごうまん》さからくる余裕の笑みを浮かべている。少々品性に欠けており、騎士らしいとは言えなかった。

些細《ささい》な文句は少々あるが、実力者であることに疑いはない。ドザー王国にとっては、救世主と言っても過言ではないのだ。できることなら、機嫌を損ねたくない。

「で、オッサンがジョンマンさんかい？」

「ああ、俺がジョンマンだ。ティガーザ君、だったか。アンタも災難だなあ。こんなド田舎の国まで来て、その更にド田舎の町まで来る羽目になったんだから」

「ははは、そりゃもっともだ」

ミドルハマーの町外れで、二人は対峙《たいじ》している。コエモとオーシオは他の近衛騎士と一緒に見守っていた。意外にも好意的に話し合っている二人に安堵《あんど》しつつ、しかしそれがいつ崩れるのかと不安になっていた。

見ている者たちの心配をよそに、ジョンマンとティガーザは話を続けていた。

「お兄ちゃんは自分の実力を疑われて怒り心頭って話だったが、ずいぶんと機嫌がいいみたいだな」

「ここに来るまではそうでもなかったぜぃ。でもよ、アレを見たらそうでもなくなっちゃってねぇ」

にやついているティガーザは遠くに見える大きな建物、ジョンマンの建てた御殿を指さしていた。

「アレ建てたの、オッサンだろ？　現役冒険者時代の貯金を豪快に使って、滅茶苦茶な注文で建てさせたらしいじゃん。ロマンあるねえ……」

「ロマン……。ま、そうかもな」

「たんまり稼いだあとはさっさと引退して、故郷で悠々自適に暮らす。俺もそうしたいもんだぜ」

ティガーザの言葉は尊敬できるものではないが、そんなにおかしなことではないし、ジョンマンを正しく認識しているともいえる。

「アレだけの御殿を建てられるオッサンが、無能なわけがねえ。そのオッサンと互角だっていうラックシップだって、それなりのもんだろう。そりゃあ俺がいくら強くても、不安になるわな」

「この国の王様の気持ちもわかってもらえたか？　それならすんなり帰ってほしいね」

「おいおい、せっかくここまで来てそれはナシだろ？　ちょっと遊ぼうぜ」

「……そうか」

ジョンマンとティガーザの間にある空気が、一気に乾燥していく。怒りだとか憎しみだとか、苛立《いらだ》ちだとか八つ当たりだとか、そうした余分なものはなく純粋に闘争が行われようとしていく。

ジョンマンとティガーザは平然としていたが、周りで見守っている彼女たちは固唾《かたず》を呑んでいる。

戦いの開始は、あまりにも軽薄だった。

「ほれ」

ティガーザは軽く掌《てのひら》を突き出した。軽くといっても、彼の基準である。もしも常人に当たれば、吹っ飛んで気絶する……下手をすれば死ぬ威力であった。

「むぅ」

ジョンマンはそれを回避しつつ、前蹴りを打った。カウンター気味の一撃は、ティガーザを大きく後ろへ下がらせる。

「ずいぶん鍛えているな……見掛け倒しじゃなさそうだ」

「見掛け倒しだったらどうすんだよ。俺、死んでるぞ？　この殺人未遂ぃ〜〜」

蹴り込んだジョンマンは感心し、腹を蹴られたティガーザは笑っていた。

戦いを見ている者たちは戦いが始まったことで冷や汗をかき始めたが、強者たちは見ている者たちを気にせず次のステップに進む。

「で、その殺人もいとわない中年男とどう戦うんだい、お兄ちゃん」

「そりゃ、スキルを使わせてもらうぜ」

ティガーザが口にした呪文は、ドザー王国では聞いたことのないものであった。

「サーガ・ガ・サーガ！　タイガ・ガ・サーガ！」

ティガーザが呪文を唱えると、彼の体は膨れ上がり、虎のような体毛が生え始めた。それはエインヘリヤルの鎧とは別種の、身体能力強化スキルであった。

「フゥック！」

先ほどよりも格段に強くなった姿を見て、ジョンマンはその正体を口にする。

「高い魔力を持つ霊虎を素手《すで》で、一切のスキルを使わずに狩ることで得られる『虎狩りの霊験』か。特別な耐性は持たないが、身体能力の強化具合ではエインヘリヤルの鎧さえ大きく超えているスキルだな」

「お、詳しいねえ？」

発揮したスキルを解説されることを、自分の強さを説明されているように感じて、ティガーザは嬉しそうに笑う。

「で、オッサンはどれぐらい魅せてくれる？」

「ラグナ……ラグナ・ロロロ・ラグナ、ワルハラ……ヴォーダーン！　アルフー・ライラー……ワー・ライラー！　グリムグリム・イーソープ・ルルルセン！　コキン・ココン・コンジャク・コライ！」

　ジョンマンの唱えた呪文は、極めて長いものであった。それを聞いて、コエモとオーシオが声を上げる。

「あの時と一緒だ！　ラックシップと戦った時と、同じ呪文だ！」

「スキルを一つしか使ってこない相手に、そこまでやる必要があるのですか⁉」

　ジョンマンは必要性を感じなければ、スキルを使用することはない。であれば、目の前のティガーザは相応の実力者ということであった。

「おっ……それがエインヘリヤルの鎧か？　呪文の長さから言って、他にいくつかの補助スキルを使っているねえ……ひひひ、なるほど海外で出稼ぎしていたのは伊達《だて》じゃないってか」

　スキルビルド、つまり複数のスキルを習得すること。スキルを一つ習得している者さえ珍しいこの国では、想像されることもなかった概念。ジョンマンがそれを使用しても、ティガーザは笑うだけだった。あまりにも余裕がありすぎて、違和感を……いや、不安感を覚えるほどであった。

「いったいどんな補助スキルなんだい？」

「どれもシンプルだ、戦えば分かる」

「ありがたいね！　俺は人の解説を聞くのが嫌いなんでなあ！」

ティガーザは虎になったかのような動きで、ジョンマンに襲い掛かる。

先ほど以上の威力と速度をもつ攻撃へ、ジョンマンは精密なカウンターを三発も叩《たた》き込む。

「一、二、三！」

鎧に覆われた拳が、毛むくじゃらになったティガーザの顔面へ命中する。

「身体能力で圧倒する相手を、複数回の攻撃で押し込む……ハウランド様が、ラックシップにやられた時と同じだ」

近衛騎士たちの苦い思い出がよみがえっていた。絶対の強さを誇っていた自分たちの長が、あっさりと倒された連続攻撃。それを受けたティガーザは、しかし平然としていた。

「うほ～～、びっくりしたぁ～～」

つまりティガーザの防御力は、ハウランドよりもずっと上ということである。

「今の妙な感覚は……話に聞いたことがあるぜ」

吹き飛ぶことさえなく立ったまま、ぺらぺらとしゃべり始めたティガーザ。ジョンマンが何をしたのか確認し始めている。

「『集中狙撃』や『圧縮詠唱』を使う時、本人はゆっくりとした時間の中で動けるって言うが……それ系か？　ん？」

「その通り……時間系最上位スキル、圧縮多重行動《トリックアクション》。停滞した時間の中で狙いを定める『集中狙撃』

や、呪文の詠唱を行う『圧縮詠唱』とは違い、停滞した時間の中でどんな行動でもできるようになるスキルだ」

「へ～、大したもんだな。でもよ……それだけ、じゃねえだろ！」

ティガーザは直進するのではなく、縦横無尽に移動しながらジョンマンの周囲を回り始めた。ステップや足さばきなど関係ない、身体能力任せの翻弄。その動きに、まったく陰りはない。先ほどの連続攻撃が、まったく通じていないとわかるほどに。

「高速移動できる身体強化系スキルと、一瞬しか発動しない時間系スキルはかみ合わせが悪い。特に相手も身体強化系スキルを習得していたら、時間系スキルを発動させるタイミングがとんでもなく難しくなる！」

身体能力の差を考えるに、ジョンマンは相手の攻撃に合わせて圧縮多重行動を発動させなければならない。タイミングを間違えれば攻撃が直撃し、そのまま負けてしまうだろう。

しかしそんな無様な決着になるとは、ティガーザも考えていないようだ。

「だけどよお、間違えない自信があるんだろう？　運任せだとがっかりするからよお、しっかり大人の余裕を見せてくれよ、オッサン！」

「ああ、お望み通りにな」

神々しい鎧をまとっているため気付きにくかったが、ジョンマンの眼は煌々《こうこう》と燃えている。その妖しい眼は感知系スキルが発動している証《あかし》だった。

「一、二、三！」

　縦横無尽、超高速の攻撃を、ジョンマンは完全に見切っている。

　圧縮多重行動からの連続攻撃を成功させ、ティガーザをよろめかせていた。

「まあ、そりゃあ持ってるよな……感知系スキル。そうでなかったら、身体強化系スキルを持ってる者同士の戦いで、まともに時間系スキルを発動できるわけがない」

「如何《いか》にも……だ。感知系最強スキル、浄玻璃眼《じょうはりがん》。隠された罠《わな》、潜んでいるモンスター、高度な幻術を見破ることができ……相手の移動や攻撃を予測できるスキルだ」

　ティガーザは三つ目のスキルについても見抜き、更にその先も理解していく。

「で……あと一つのスキルも見当がついたぜ。身体強化系スキルは、ただでさえ体力を食う。そのうえオッサンは、二つも三つも同時にスキルを使ってる。その歳《とし》でそれだけ無理が利くってことは、体力消費を抑えるとか体力を底上げするスキルも持ってるんじゃねえか？」

「ああ。健康系最強スキル、竜宮の秘法。最大体力、回復量を大幅に向上させる。さらに体の内部に入った毒などの解毒も行える、長期のダンジョン探索には必須のスキルだ。今使ってるスキルは、その四つになるな」

　スキルビルドの何たるかを知らずとも、その内容や効果を教えることが不利益であることは想像に難くない。にもかかわらず、ジョンマンは余すところなく説明していた。

　スキルの内訳を聞いた近衛騎士の一人が感嘆する。

「なんて、隙がないスキルビルドだ。エインヘリヤルの鎧を主体として、完璧に完成している。どうやっても、勝てる気がしない……！　無敵のスキルビルドだ！」

ジョンマンの説明を聞く限り、つけ入る隙というものがまったくない。

内容を明かされても攻略するすべが思いつかず、降参するしかないだろう。

「ん～～……俺の部下候補君、半分しか合ってない。前の方は賛成だが、後ろの方は間違ってるぜ」

相変わらずにやけているティガーザは、指を振って近衛騎士たちの感想を否定した。

「この世に、無敵のスキルビルドなんてもんは存在しない。だろ、オッサン」

「ああ、その通りだ」

ティガーザの挑発的な質問に、ジョンマンは重く頷《うなず》く。

「オッサンのスキルビルドは、『ありとあらゆる局面』に対処するためのもんだ。トラップだらけのダンジョンに潜ったり、毒沼なんかの危険地帯に入ったり、よくわからん初見のモンスターと戦うためのビルドだ。戦闘特化型ってわけじゃない、違う？」

ティガーザの口ぶりに、聞いている者たちは納得する。ジョンマンもラックシップも、冒険者であり盗賊だ。戦闘特化型でなかったとしても、むしろ当然と言えるだろう。

「その口ぶりからして、お兄ちゃんは戦闘特化型のスキルビルドなんだろ？」

「そのと～り！　今までは一つしか使っていなかったが、ここからは習得している四つのスキル全部を使わせてもらうぜ」

果たして戦闘特化型のスキルビルドとはどんなものか。身構えている者たちの前で、三度の詠唱が行われる。

「サーガ・ガ・サーガ！　タイガ・ガ・サーガ！　スコツフ！」

「サーガ・ガ・サーガ！　タイガ・ガ・サーガ！　タンハー！」

「サーガ・ガ・サーガ！　タイガ・ガ・サーガ！　ブゥォイ！」

異様なことに、ほぼ同じ呪文を三回唱えただけだった。それの意味するところは、全員がすぐに理解する。

「身体強化スキルの重ねがけ！」

オーシオの言葉が正解であった。ティガーザの体は更に肥大化し、分厚くなっていく。

「これが戦闘特化型ビルドだぜ。なんてことはない、身体能力強化系スキルを重ねがけすればいい。それが一番強いんだからな！」

今までのティガーザでさえ、ジョンマンより上だった。ならば更に重ねがけされてしまえば、その差はさらに広がるばかり。それこそ、勝負にもならぬほどに。

「非才な俺が真似をすれば、強化の負荷に体が耐えられない。四重強化を実行できるのは、お兄ちゃんのような天才だけだ」

「ははは！　そう、俺は天才なのさ」

これでもか、と自分の肉体美をアピールするティガーザ。ある種滑稽だが、誰も笑うことなどできない。

「そのうえ勤勉で真面目な努力家ときている。超強くて当然だよなあ？　お前より強くてもしょうがないよなあ！」

まさに、強者の余裕。調子に乗っているが、それに見合うだけの実力を持っていた。

「自分で非才って言うぐらいだ、オッサンがそんなにたくさんのスキルを習得しているとは思えねえ。あと一個、ってところじゃないか？」

「まあな」

「俺は計算とか苦手だから、細かいことはわからねえんだけどよ……分数の計算だ」

巨大な虎と化したティガーザは、心底から愉快そうに笑った。

「四分の一しか本気を出していなかった俺に対して、五分の四も力を使ったオッサンはダメージを出せなかった。ここからお互いに本気で戦うとして……どっちが勝つと思う？　なあ、どっちが勝つと思う？」

ジョンマンはラックシップとの戦いでも、第五のスキルだけは使用しなかった。それを使えば殺し合いになると言って、互いに使わずにいた。であれば、攻撃力が高いスキルなのだろう。しかし巨大な怪物となったティガーザに、果たして通用するものなのか。

「ジョンマンさんの第五スキル……どんなのなんだろう……！」

「叔父上やラックシップですら使うことをためらうスキル。果たして……！」

厳重に施錠してあった訓練場で練習するであろう、危険なことが想定される第五スキルとはなにか。

コエモとオーシオが固唾を呑んで見守る中、ジョンマンは追加のスキルを発動させずに構えた。

「いろいろ言いたいことはあるが、だ。兄ちゃん、さっきから恥をかいているんだ、しゃべるより結果を出した方が格好いいぜ？」

「そうだ、なあああ！」

五つ目のスキルを使わず、四つのスキルだけで勝つ。

その意気込みを汲《く》んだティガーザは、勢いよく飛び出した。先ほどよりも更に更に更に強化された突撃へ、ジョンマンは圧縮多重行動を発動させる。

「一！」

渾身《こんしん》のフルスイングが、突っ込んでくるティガーザの顔にめり込んでいた。

「二！」

渾身の一撃再び。全体重を込めた拳が、同じ場所に直撃する。

「三！」

最後は、顔面への蹴りであった。

「うおっ……と」

三回の行動を終えた時点で、圧縮された認識は正常に戻る。ティガーザはのけぞり、わずかに動きを止めた。

「威力の不足を、全力で打ち込むことで補った⁉　で、ですが、その程度で勝てるとは思えません」

「うん、そんなに効いてないよ」

ジョンマンが何をしたのか、オーシオもコエモも理解できる。しかしそれが現状の打開策になるとは到底思えなかった。

「マジでいいスキルだな！　けどよぉ！　力の差は、埋まらねえよっ！」

望みうる最高の連続攻撃を受けても、ティガーザは平然と動きを再開してしまう。

「なあオッサン、それで俺を倒しきれると思う？　全力で回避して、全力で攻撃して、それを何度も繰り返して！　そんなんで勝てると思ってんの？　机上の空論って言うんだぜ？　それはなあ！」

被弾は恐れるに足らず、攻撃を一発当てれば倒せる。だからこそ、反撃をものともせず、ただ果敢に攻め続ける。

「机上の空論かどうか……。実際にやってみようじゃないか、お兄ちゃん」

ジョンマンはいたって冷静に、それを迎え撃とうとしていた。

「そうだな、おしゃべりはここまでだ！　さっさと終わらせようぜぇ！」

常人をはるかに超えた速度で動くティガーザは、巨大な拳をジョンマンの顔めがけて振るっていた。

打撃が顔に着弾する直前で、ジョンマンは濃密な連続攻撃を開始する。

「一！　二！　三！」

「かゆいんだよ！」

　ティガーザはわずかに怯《ひる》み、しかし拳を振りぬく。それは空を切るが、かまわずもう片方の手を振るう。ジョンマンはこれを、最小限の動きで回避する。圧縮多重行動を使わない、ごく普通の回避であった。その姿を見て、ティガーザは確信する。

「圧縮多重行動ってのは、一度に三回が限度みたいじゃん？　そんでもって、再使用にはインターバルがいる！」

「その通り、それが俺の限界だ」

「ならよ、攻めて攻めて攻めまくれば解決だよなあ！」

　ティガーザとジョンマンの身体能力差は、スキルを使用しあった今十倍も開いている。

　そこまで差があれば、感知系スキルを活かした最小限の動きによる回避など問題にならない。

「そう簡単な話でもないぞ」

　だがそれは、逃げた先にもよる。ジョンマンはあえてティガーザに接近し、彼の太い腕や太い脚などの死角に隠れようとしていた。

「ああ、そういうコスいマネする？　それな、何度もやられまくって、慣れちまったよ！　感知系スキルが要らないぐらいになあ！」

　大柄なティガーザにとって、死角に潜り込む戦法はよくやられることだ。彼は自分が巨体であるが故の死角を理解しており、その角度を見もせずに裏拳で薙《な》ぎ払った。

膨大な土煙が巻き上がり、大地を抉《えぐ》っていた。しかしティガーザが薙ぎ払った場所にジョンマンはいなかった。

「言ったはずだぞ、お兄ちゃん。攻めて攻めて攻めまくればいい、というものではないとな」

当のジョンマンは、ティガーザから離れた場所に立っていた。死角に潜り込んだのではなく、死角を通って遠くに下がったのである。

「なっ！」

「その顔を見るに、今までお兄ちゃんに接近した奴は、何が何でも離れずにくっついてたってところか？　そういう奴は、お兄ちゃんの攻撃を避けるにも一苦労ってところなんだろう。俺は避けるなんて簡単なんでね、あっさり離れるのさ」

「は、そりゃそうだ！　オッサンは持久戦も得意なんだもんなあ！」

ジョンマンが逃れていても、ティガーザはまったくあわてない。言われてみれば当然のことがおきただけ、もう一度攻撃すればいい。

「おおおおお！」

「――」

猛進してくるティガーザに対して、ジョンマンは一度目の行動を彼の背後に回り込むことに使用した。突進してくる者の背後に回り込んでも、普通ならすれ違う。しかし圧縮された『一回分の行動』

である以上、ティガーザの位置はほぼ変わらない。

「二！　三！」

背後からの、二回の強打。それは正面からの攻撃とはまた違う痛みを、ティガーザにもたらす。

「くぉの！」

ティガーザは当然反撃しようとするが、時間が正常になった瞬間に猛進していた慣性が通常に働く。

全力で直進していた彼はまず踏ん張って停止せざるを得ず、苛立った顔で向き直った。

「オッサン、粘るじゃん」

翻弄され続けたティガーザは、焦りを見せ始めた。嘲《あざけ》りは消え、敬意さえ示している。

「マジで強いんだな……じゃあ俺もガチでいくぜ！」

真顔になって走り出したが、ジョンマンはその瞬間に圧縮多重行動を発動させる。

「一」

ジョンマンは走っているティガーザの足を横から蹴っていた。

「二、三」

次いで回り込みながら更に足を蹴り、最後に回し蹴りで後頭部を蹴る。

時間が正常に動き出すと、ティガーザはバランスを崩してすっころんでいた。

「こ、こんにゃろ～～！」

彼は恥辱に震えて、なおもジョンマンに向かっていく。しかしそれすらも、ジョンマンはあっさりと捌《さば》いていった。

ありえない光景に、観戦する者たちは安堵するよりもむしろ困惑していた。

「……なんで？」

零《こぼ》れ落ちたコエモの言葉が、端的に感情を表していた。

身体能力に差がありすぎたら他の要素が意味を成さないはずなのだ。

一度や二度は対応できても、成功し続けるなんてありえない。

「本当に一方的に攻撃し続けている……このままいけば勝てる……なぜ？」

オーシオの言うように、このままいけば『竜宮の秘法』による体力差でジョンマンが勝つだろう。

しかし口にしているオーシオ自身が、そんな机上の空論が実現しつつあることに戸惑っていた。

戦っているティガーザもその境地に達する。もはや偶然で片付けられる状況ではないと認めたのだ。

「ふぅ、はあ、ぐ！」

「おっと、休憩か」

ティガーザは、足を止めて長考に入った。先ほどまでの余裕は一切なく、全身が汗まみれで地面にシミができつつある。

一方でジョンマンは、汗一つかいていなかった。

「冷静なのはいいが、時間はあんまりないぞ。お前は同種のスキルを同時に発動できているし、どれもが一定以上の段階に達しているが、それでも兄貴のように極めているわけじゃない。スキルを維持したまま強化を一旦止める、なんて芸当はできまい。立っているだけで疲労は増していくぞ」

「わかってる、ああ、わかってる！」

ジョンマンの余裕には、明確な根拠がある。それを見破らなければ勝機がないと、ティガーザは悟っていた。

「俺は、俺は強いが、能力低下だの、状態異常だのは効いちまう。感知系スキルはないから、幻覚を見破ることもできない」

まず、自分の能力を確認する。そのうえで、なぜ劣勢なのかを考える。

ティガーザの一人語り、推理は、彼がただ力任せに戦ってきたわけではないことを伝えてくる。

コエモやオーシオ、近衛騎士たちも、同じ状況になった場合、冷静になれる自信はなかった。

「能力低下はされてねえ。されたとしても、誤差みたいなもんだ。俺の方がコイツよりずっと強いまだ。そうでなかったら、何十回も殴られているのに立っていられるわけがない。状態異常をくらっている、ってわけでもなさそうだ」

ティガーザの目は、まだ勝利への希望を捨てていなかった。どれだけ残り時間が少なくなっても、一撃当てる分が残っていれば問題ない。むしろ一撃で決める覚悟をしたからこそ、思考に没頭している。

「コイツが幻覚？　いや、俺に攻撃を当ててきている。俺は間違いなく、殴られて、蹴られてる。幻覚って感じじゃねえ」

ジョンマンに攻撃が当たらない理由を探れなければ負けるが、探り当てれば勝てると信じていた。

「アイツのスキルは、身体強化、時間、感知、体力上昇だ。それだけあれば、俺の攻撃を避けて、俺に攻撃を当てることもできないわけじゃねえ。今起きていることは、全部アイツの言ったスキルで説明がつく。おかしいのは、一回も失敗しないことだ」

ティガーザの語るように、ジョンマンがやっていることは彼の開示したスキルで説明がつく。問題なのは、成功し続けていることだ。

「説明してねえ第五のスキルは、本当にある感じだ。それを使ってるのか？　いつ詠唱したのか云々《うんぬん》はおいておいて、どんなスキルなら『一回も失敗しない』をできるんだよ。運、確率？　そんなもん、聞いたことがねえ。大体、そんなもんどうやって鍛えるんだ」

ジョンマンのやっていることは、綱渡りのような戦いだ。失敗すれば転落死を免れない、曲芸のような戦いだ。いったいどうすれば成立させられるというのか。

「なんかのアイテムでも使ってるのか、それとも近くに仲間がいて、隠れて援護をしているのか」

答えを求めて、ティガーザはジョンマンを注意深く観察し始めた。

長考しているティガーザをあえて好きにさせて、余裕を持って待っている、ように見える。

「あ」

ティガーザはようやく、ジョンマンが余裕を見せているわけではないと気付いた。ジョンマンは余裕を見せているのではない、退屈をしている、飽きているのだ。

「オッ、オッサン！」

導き出された結論を口にするのに、ティガーザは勇気を必要としていた。だがそれでも、格の差を見せつけられていた彼は、口にせざるを得ない。

「俺より強い奴を相手に、こういう戦いを練習してたんだな!?　そのうえで何度も実戦を積んだんだな!?」

「その通りだ。お前は確かに強いが、俺にとっては『予習済み』の敵でしかない」

ティガーザが恐れを振り切って出した答えを聞いて、誰もが驚愕《きょうがく》し納得する。確かにそれなら、この状況はあっさりと説明できる。

「ジョンマンさんは、お父さんと同じこともできるんだ……」

誰よりも深く納得していたのは、ヂュースの娘であるコエモだった。幼少のころから耳にタコができるほど冒険の自慢話をされた彼女は、焼き付いた言葉を反芻《はんすう》していた。

『いいかコエモ、ダンジョンの奥には俺より強いモンスターが大勢いる。攻撃力も防御力も、機動力だって俺の上だ。だけどな、それを俺は無傷で勝っちゃうんだよ。どうやってると思う？　立ち回りさ。相手がどれだけ強くったって、何度も戦えば動きを覚えられる。あとは攻撃を全部避けて急所を斬るってのを繰り返せば楽勝よ。まあそれができるのは、俺のように強敵が相手でも生き残れる男だけだがな』

完成されたスキルビルドを習得しているうえで、格上相手への立ち回りさえ会得している。世界最高の冒険者集団に属していたことは、伊達ではないのだ。

「あ、あぁ」

ティガーザは敗北を受け入れ、すべてのスキルを解除し座り込む。

理不尽でも何でもなく、必然の決着であった。ジョンマンが何度も綱渡りのような攻防を成功させていたのは、綱渡りを生業《なりわい》としてきただけなのだ。それならばこのあとも失敗するわけがない、勝ち目など最初からなかったのだ。

「お兄ちゃんは弱くない。天才なんだろうし、鍛えてきたんだろうし、正しいスキルビルドをしているし、それぞれのスキルを一定まで鍛えているし、全部同時に使って戦う練習もしたんだろう。でもまあ……抜きん出た田舎強者の悲哀だな、そこで成長が止まった。自分より圧倒的に弱い奴しかいない環境じゃあ、これが限界だわな」

この話を聞いていた誰もが、ジョンマンに勝つための『要求値』にめまいがしていた。

天才が努力して、スキルを複数習得して、それを同時に使う練習をして、スキルビルドを完成させても、それでもまだ足りないのだ。今度は自分と同じか、それより強いものと戦わなければならない。温《ぬる》い環境に身を置く者では、このジョンマンには絶対に勝てない。

「ああそうそう、ちょっといいかい？　お兄ちゃんは元々、この国の近衛騎士長になるつもりだったんだろう？　だけど癪《しゃく》に障《さわ》ることを言われて、断る気になっちゃったんだって？」

ジョンマンは、誰もが忘れていたことを口にした。

「お願いだからさ、引き受けてくれないか？」

「は？」

「君が引き受けてくれないと、盗賊がどんどん幅を利かせちゃうんだ。な、頼むよ」

ジョンマンは威圧などしていない。本当にお願いをしているだけだ。断られたら、あっさり引き下がるだろう。

対してティガーザは断ることもできたが、そうすることはなかった。

「……わかった、近衛騎士長をやるよ」

実力で負けた相手からの要求を聞き入れないのは、とても格好の悪いこと。彼はその価値観に従って、近衛騎士長になることを受けていた。

「悪いなあ。頼んだぜ、お兄ちゃん」

かくて、話はまとまった。しかしそれは、『ジョンマンとラックシップ』とそれ以外の差を大きく浮き彫りにする結果にもなった。

「本当に、格が違った」

またしても、オーシオは打ちのめされていた。

（私は今まで、叔父上の強さを『強いスキルを複数身につけていること』だと思っていた。でも違った、全然違った！　強いスキルビルドを身につけてなお苦戦する環境に身を置き続け、それでも生還したことこそ、叔父上の本当の強さ！　まさに、百戦錬磨の古強者！）

今までの自分は、鮫《さめ》を見て強そうだと思っていただけの小魚だった。実際の鮫が見た目以上に強いと知って、羞恥《しゅうち》に打ちのめされている。

（恥ずかしい……叔父上に合わせる顔がない。訳知り顔でコエモちゃんに偉そうなことを言っていた自分がみっともない）

羞恥で逃避しかけた彼女の脳裏に『身も心も砕かれた父親』と『まだ動けるにもかかわらずなにもしない兄』が浮かんだ。自分がそうなりかけていることも、彼女は気付いていた。

（……私は、屈さない！）

ここで退いても誰も助けてくれない。彼女は頼りになる父や兄がもういないことを思い出し、奮起しようと心の舵《かじ》を切り始める。自分を奮い立たせようとするオーシオに、コエモは興奮気味の笑顔で話しかけてきた。

「本当にジョンマンさんは強いね！　こんなに強い人に指導してもらえるなら……私たちも強くなれる！　そうだよね、オーシオちゃん！」

「……そうですね、コエモちゃん」

コエモのポジティブさが、とても頼もしい。オーシオは安堵さえしながら、コエモに頷くのであった。

※

その日の夜……。

コエモは自分の部屋の中をうろうろしていた。昼の戦いの興奮冷めやらぬ、という心境である。

彼女の部屋の中は、ジョンマンが金にものを言わせてとりあえずそろえた『豪華な調度品』があり、それとは別に『粗末なガラクタ』が飾られている。

なんともアンバランスな内装だが、彼女にとって大事なのは『粗末なガラクタ』である。それらはこのド田舎に流れてきた舶来品（その中でも品質の低い物）だ。外国に憧れていた彼女の収集物であり、幼いころから買い集めていた宝物だった。

彼女にとってそれらは、未知の象徴だった。

「世界は広い……本当に広い！　私が見たことのないものが、たくさんあるんだ！」

彼女は収集物の一つ、『キセル』を手に取った。彼女はそれがどんな道具なのか知らないが、男の子が木の枝を剣に見立てるように振りかざす。

「私もいつか、未知の世界に漕《こ》ぎ出す！　アリババ40人隊も行ったことのない場所へ、本にも書いてない場所へ！　そして……！」

彼女の眼は、まさに燃えていた。

「私も本を書いて、それをみんなに読んでもらうんだ！」

彼女の冒険は、まだ始まってすらいない。しかしその準備はもう始まっていた。彼女は出発していないだけで、立ち止まってなどいないのだから。

彼女の声は、御殿の外に立つジョンマンにも聞こえていた。

「……やっぱり君は、いい子だよ」

かつてのジョンマンは、ただ家族への反発で家を出た。十分な準備もせず、なんとかなるだろうと思って漕ぎ出した。結果なんとかなって帰還できたが、やはり運がよかっただけだ。

そんな自分と比べて、コエモのなんと堅実なことか。

自分とは違う『いい子』に安心していたジョンマンの元に、オーシオが訪れていた。

「叔父上……私に戦闘訓練をつけていただきたいのです」

一種能天気にも見えるコエモとは違う、必死な真剣さを眼に宿すオーシオ。

彼女は明確に目的意識をもって、ジョンマンに戦う練習を求めていた。

「もちろん、スキルの習得も続けていただきたいです、しかし私は叔父上の持つ、スキルビルドの先の強さも学びたいのです」

「君も、いい子だねえ」

ジョンマンは嬉しそうに口角を吊《つ》り上げながら、オーシオを諭した。

「わかったよ、準備しておく。ただし、コエモちゃんもいっしょにね」

「……お願いします！」

オーシオは今まで以上に真摯《しんし》に、ジョンマンへ頭を下げるのであった。

※

数日後……。

ジョンマンの自宅の隣にある御殿、その更に隣に新しい施設が出来上がっていた。

訓練場や御殿ほど豪華ではなく、天井も床もない。地面には芝が植えられており、緩衝材を張られた高い壁が円形になるようぐるりと設置されている。

球技場と思えるほどの広さがあるそこに、ジョンマンとコエモ、オーシオがいた。

「新しく建てた屋外戦闘訓練場だ。スキルの訓練場とは別に、こういう場所があった方がいいだろう?」

(叔父上がこういう施設を建てることに、驚かなくなっている自分がいる……)

(御殿と五つの訓練場、あとこの屋外戦闘訓練場を合わせたら、ミドルハマーより大きくなってるような気がする……)

もはや呆《あき》れている乙女たちへ、ジョンマンは訓練の意義を説明する。

「今日からはここで戦闘の訓練を行う。オーシオちゃんの希望で始めることではあるが、もともといつかはやるつもりだったんだ」

オーシオはジョンマンとティガーザの戦いを見て、戦い慣れることへの重要さを知り、それを得るために戦闘訓練を願い出た。しかしジョンマンは、別の理由で戦闘訓練を課すつもりだったようである。

「ゾウオウが再起不能になる姿を、コエモちゃんは実際に見たよね？」

「……はい。ゾウオウはジョンマンさんに勝てないと悟ると……鎧に潰されていきました」

全属性への耐性、状態異常能力低下完全無効。無体な性能を誇るエインへリヤルの鎧ではあるが、相応にリスクも存在する。

鎧を装着している時に絶望してしまうと、その鎧に肉体を再起不能にされてしまうのだ。

「私も、再起不能になったゾウオウの姿は実際に見ました。とても恐ろしかったです。父上はその姿を兄や私にもよく見せて、こうなってはいけないと教えてくださいました」

「兄貴の言う通りだ。エインへリヤルの鎧を身に着ける者、それを習得しようとする者は、戦闘中に絶望しちゃいけない」

戦う相手がどれだけ強くとも、心折れず最後まで戦わなければならない。諦めずに戦うからこそ、活路が切り開ける。

劣勢時で心の強さを保つには、劣勢に慣れる必要がある。

「だから俺は君たちを何度もぶちのめす。訓練だからといって、君たちに勝たせてあげるなんてことはしない。全力で戦っても手も足も出ずに負ける、ということを何度も味わってもらう」

下手をすればやる気を失って修行を辞めてしまうかもしれない訓練だが、ジョンマンは二人ならば乗り越えられると信じている。

「これはエインヘリヤルの鎧を習得することに限らない。一流を志すってことは、負けと向き合うってことだ。斜に構えて受け流すのは良くないし、かといって受け止めきれずに腐ってもいけない。しっかりと受け止めて悔しい思いをしたうえで、何度でも立ち上がる心が大事なんだ」

彼の冒険者人生そのものが切磋琢磨《せっさたくま》の連続であったとわかる、重い金言だった。

人相が変わるほどの過酷な冒険こそが、彼の強さの根幹であると小娘にも理解できる。

今から自分たちがどれだけの苦渋を味わうのかと思うと怯みそうになるが、それでもためらう二人ではない。

「「お願いします！」」

「よし、それじゃあ始めようか。とはいっても、コエモちゃんは戦闘の心得がないから今日は見学。俺と戦うのはオーシオちゃんだけだ」

ジョンマンはあらかじめ用意していた二本の剣を手に取り、片方をオーシオに渡した。

訓練であるにもかかわらず、ずっしりと重い鉄の剣である。刃引きこそしてあるものの、下手をすれば大ケガをするだろう。その緊張感が大事なのだと、オーシオは察していた。

「え、ジョンマンさんは剣を使えるんですか？　ずっと素手で戦っていたので、剣は使えないものかと。というか、ゾウオウもラックシップも素手だったから、エインヘリヤルの鎧を習得している人はみんなそうなんだと思ってました」

「確かにそうだけど、俺だって最初からエインへリヤルの鎧を習得していたわけじゃない。冒険に出た当初は、こうして剣を使っていたものさ」

ジョンマンは昔を懐かしみながら剣を抜き、オーシオに向けた。

オーシオも意気をもって、剣を構えた。その時の彼女は、先日ラックシップに斬りかかった時のことを思い出す。

（父上が倒れた時の私は、無様に泣きながら剣を向けることしかできなかった。思い出すたびに、自分の無力さで胸が痛くなる）

悔しさが溢れて、燃え盛っていた。

（でも、足は止めない！　いつか叔父上やラックシップに並ぶ、最強の騎士になる！）

身体能力、習得しているスキルの数、スキルを組み合わせた戦闘の訓練、強者相手の実戦経験。

あまりにも多くのものが、ジョンマンと自分の間にある。それでも一歩ずつ進めば乗り越えられるはずだった。なぜなら、ジョンマン自身がそうなのだから。

「行きます！」

「うん、いつでもどうぞ」

オーシオはジョンマンへ斬りかかった。その一振り目で、彼女は自分の成長を実感する。

（鉄の剣が軽い！　全然振り回されない！　踏み込みも速くなっている！）

ジョンマンの元で筋トレをした結果、彼女の身体能力は上昇していた。

腕力が上がったことで剣を振る速度が上がり、脚力が上がったことで踏み込みが速くなり、体幹が強くなったことで姿勢が乱れなくなっていた。

(私は強くなっている！　叔父上の元での修行の成果……いや、今までの修行の成果だ！)

オーシオは剣を振るうごとに、どんどん強くなっていくようだった。向上した身体能力を使いこなせるようになり、調子が上がっていく。

(もしかしたら……勝てるかもしれない！)

騎士として剣の稽古を積んできたオーシオは、ジョンマンが『剣術』を習得していないことを見抜いていた。

(叔父上は冒険者で、しかも素手の戦いが専門。対人を想定した剣術は、教わってきていない！)

ジョンマンはオーシオの剣戟《けんげき》をしっかりと受けているが、それは反射神経や腕力によるものであり、しっかりと剣術を学んだ動きではない。細やかな足運びやフェイントなどが、まったくできていない。

(勝てる。いや、勝つ！)

幼少のころから鍛えてきた剣術と鍛えた体を信じて、オーシオは大きく攻勢に出た。

「ん～～……これは、もう十分かな？」

ジョンマンはここで両眼を閉じた。戦闘を途中で止めることはなく、オーシオの果敢な攻めを防ぎ続けている。

(叔父上は私の動きを見ていない!?　まさか、私の動きの癖を見抜いたというの!?)

「そろそろ終わらせるぞ～～」

目を見開いて驚いているオーシオを、目を閉じたままのジョンマンは押し返した。オーシオの剣を弾《はじ》き、その喉元に切っ先を突き付ける。

ぐうの音《ね》も出ない、完全敗北であった。

「あ……」

一瞬勝利を期待していただけに、オーシオは気落ちしていた。その気落ちを当然として、ジョンマンは説明を行う。

「君が察したように俺は剣術において素人《しろうと》だが、剣術の達人との戦いも経験している。君のような未熟者が相手なら、目を閉じても負けることはないよ」

「……はい、わかりました！」

勝てると思い上がっていた自分を恥じて、オーシオは奮い立った。

ジョンマンが思ったよりも強いというわけではない。ティガーザと戦った時と同じ、あるいはその延長線上の状況に過ぎない。むしろこの強さをこそ学ぶために、オーシオは戦闘訓練を願ったのだ。

(勝てると思っていたことは間違いだった、でも全力で勝ちにいくことは正しい！　私は折れない、必ず強くなる！)

剣を強く握りしめて、オーシオは再び斬りかかる。強くなるという目標の下で、彼女は圧倒的な強者に挑み続けていた。

「オーシオちゃん、頑張れ～～！」

コエモは大きな声で、オーシオを応援していた。応援すれば勝てると思っているのではない、もっと頑張れるようになると信じているからだ。

「私も、次からはあんなふうに、ジョンマンさんに挑むんだ！」

ジョンマンだけではなくオーシオをも手本として、コエモは貪欲に成長しようとしている。

彼女に強みがあるとすれば、その憧れる心そのものであろう。だからこそ彼女は、些細な異変に気付いていた。

「あ、あれ？　ジョンマンさん、顔色がいい？」

彼女の記憶にあるジョンマンと、今のジョンマンの人相がだいぶ違っていた。

旅から帰ってきたばかりの彼は、もっとやつれていたはずだ。今はすっかり健康的になっている。

「もしかして……」

コエモは他の誰もが気付かなかった事実に自力で至ったのであった。

※

ドザー王国近くにある病院にて、一人の大きな男がベッドで横たわっていた。

日当たりのいい広い部屋であり、中はとても清潔だった。国内では最高の個室であろう。

ベッドの上で横になっている大男は、全身を包帯で巻かれており、特に両手両足はしっかりと固定されていた。視線は天井を向いており、意識はあるが意気のようなものは感じられない。

彼はハウランド、ドザー王国一番の騎士だった男である。ラックシップの盗賊団を殲滅《せんめつ》するべく出撃した彼だが、力及ばず敗北し引退することとなった。現在はケガの治療のため入院中である。

彼の個室をノックして、女性が入ってくる。大男であるラックシップとは対照的な、小柄で上品な女性であった。彼女はソーシャ。ハウランドの妻であり、エツーケとオーシオの母である。

夫の病室へお見舞いに来た彼女は、一通の手紙を持ってきていた。

「ハウランドさん。オーシオから手紙が届きましたよ。一緒に読みませんか？」

少しでも気晴らしになればという提案であったが、ハウランドはそれを受け入れなかった。

「……私には、その手紙を読む権利はない」

空虚な顔で天井を見ている彼は、その暗い気持ちを吐露していく。

「正しくあろうとしている者こそ正しい。私はそう信じて生きてきたが……その性根は腐っていた」

ハウランドの心を痛めつけているのは、体の傷ではなく己の卑しさだった。

「弟がゾウオウを捕らえたと聞いて、私は嬉しかった。二十五年ぶりに再会した時、その成長ぶりを見て喜んだ。しかし私が手も足も出ずに負けた相手と互角に戦っていると知った時、私は苛立ってしまった」

平民生まれである自分に寄り添ってくれている王族の妻へ、情けない心中を涙ながらに語る。

「私は……弟が自分より上になったことを認められなかった。自分より下でないと、成長も成功も喜べなかったんだ」

「そうでしたか……」

「騎士として修行をしているオーシオも、こんな私に手紙を読んでほしくないだろう」

ソーシャは夫の告白を静かに受け止めた。彼の言葉が終わるのを待って、緩やかに微笑《ほほえ》みかけた。

「ハウランドさん。オーシオからの手紙に、どんなことが書いてあると思いますか？　私は修行の弱音だと思います」

「オーシオが？」

「あの子は頑張り屋さんですが、頑張るのが好きというわけではないでしょう？　それでも吐き出せなくて、溜め込んでいると思います。それを誰かに伝えたくて、私たちを頼ったのでしょう」

妻の言葉を聞いたハウランドの中で、修行の辛さがよみがえった。

「そうだな……修行は、辛いものだ。誰かに弱音を吐きたくなることもある」

「貴方が私を頼ったように、ですね」

「ああ」

偉大な騎士ではないかもしれないが、せめて父親として娘の弱さに寄り添いたい。

ハウランドは天井ではなく妻を向いて、恥ずかしそうにお願いをする。

「すまないが……手紙を読んで聞かせてくれないか？」

「ええ、もちろん」

夫が自分に弱みを見せてくれたことで、ソーシャは笑みを浮かべた。

「『父上、母上。私は叔父上の元で修行を始めました』」

ソーシャは封を切り、便箋を読み始める。

「『叔父上はまずエインヘリヤルの鎧を習得するように言い、鍛錬を課しました』あら、ハウランドさんと同じスキルですね」

「そうか……私は素質に恵まれたが、オーシオは大変だろう」

「そう書いてあります。『図らずも父上と同じ道を歩くことになり、その過酷さを知りました。父上がどれだけの苦労を重ねて、私の知る強さを得たのか。身をもって学んでおります』」

自分の子供が自分の習得したスキルを学び、理解と尊敬を深めているという。それを伝えられたことで、ハウランドの涙腺は思わず緩んでいた。

「『日々の鍛錬により、成長を実感しています。鍛錬は過酷ですが、辛くはありません』」

「そうか……そうか」

娘の手紙を朗読することで、ソーシャの目にも涙が溜まっていた。ハウランドに見えないよう便箋で隠しつつ、上品に涙をぬぐう。

「『辛いのは』……え?」

「ど、どうした?」

「あの……その、手紙に、とても辛いことがあると……書いてあります」

「なにがあった⁉　まさか、ジョンマンが何かをしたのか⁉」

慌てるハウランドは、ソーシャに説明を求める。ソーシャは困惑しつつも、手紙の内容をそのまま読んだ。

「『辛いのは、叔父上の強さを知ることです。知れば知るほど遠くなり、底を見たと勘違いする自分に羞恥します』」

「……強さを知ることが、辛い？」

「『父上も覚えていらっしゃると思いますが、私が初めて会った時の叔父上はとてもやつれていました。ラックシップと戦った時も長旅の疲労が抜けておらず、体調が悪かったそうなのです。最近は体調が良くなり調子を上げてきています』」

「……そ、そうか」

「『私も成長しているのですが、叔父上はそれ以上に強くなっていくのです。情けないことですが、心が折れそうです』」

ソーシャが予測したように、オーシオの手紙は弱音を吐き出すためのものだった。しかし思った以上に深刻な問題を抱えているようである。

「……ソーシャ、申し訳ないが代筆を頼む。オーシオに手紙を送りたい」

「そうしましょう……！」

早急な対応が必要であると判断した二人は、彼女へ送る手紙へ没頭するのであった。

書き下ろし番外編　猫のいる生活

ジョンマンが実家に戻った時、住み着いていた猫たち。なし崩し的に飼い猫となったのだが、なじむのは存外早かった。

ジョンマンが家にいても威嚇《いかく》することはなく、家を出て別の住処《すみか》を探そうとすることもない。ジョンマンが餌を出せば疑うことなくそれを食べるようになっていたし、ジョンマンが用意した寝床で寝るようにもなっていた。

それだけではなく、ジョンマンが椅子に座っているとその膝の上に乗っかってくるほどである。

「お前ら、いくら何でも懐くのが早すぎないか？」

その日もジョンマンが自宅の椅子に座っていると、母猫も子猫たちも膝に乗ってきた。ジョンマンはそれを振り払うことはないが、あまりの気安さに呆《あき》れてさえいた。

そんな静かな家の中に、コエモが入ってくる。

「ジョンマンさん、遊びに来ました～～！」

「……あのね、コエモちゃん。自分が年頃の娘さんだってことは自覚しようよ。そんなしょっちゅう俺の家に来たらだめだよ」

「大丈夫ですよ！　ジョンマンさんと遊ぶんじゃなくて、猫ちゃんと遊ぶだけですから！」

「いやだからね、君がそう言ってもね、他の人はそれを信じないかもしれないでしょ？」

ジョンマンが困っているのを無視して、コエモはジョンマンのすぐそばに寄る。

ジョンマンの膝の上に乗っている猫たちに、顔を近づけていた。

「私もジョンマンさんみたいに、膝の上に猫を乗せたいんですけど、どうやるんですか？」

「椅子に座っていたら、勝手に乗ってくるよ？」

「本当ですか？　それじゃあ……」

コエモは家の中にあるもう一つの椅子に、期待している顔で座っていた。しばらくしたら自分のところにも猫たちが来るだろうと思ってそわそわしている。

猫たちはコエモの存在に気付いており、椅子に座っている彼女の姿をじっと見ているが、ジョンマンの膝の上から動こうとしなかった。

「な、なんで来てくれないんでしょうか!?」

「そうだなぁ……猫の気持ちになって考えてみようか」

「にゃ、にゃ〜〜？」

「猫の鳴き声をマネしろとは言ってないよ」

椅子に座ったまま猫のようなしぐさをしてみせるコエモに、ジョンマンは猫の気持ちを解説する。

「もう俺の膝の上に座っているんだから、隣に新しい人が来てもわざわざ移ったりしないだろ？」

「な、なるほど……！　じゃあどうすればいいんでしょうか？」

「普通に俺の膝の上から持ち上げて、自分の膝の上に置けばいいんじゃ？」

「そういうのは嫌なんですよ！　猫の方から来てほしいんです！」

自分は椅子から動かず、猫たちに自主的な移動をしてほしい。コエモはその願いを押し通そうとしていた。

「ということで、おやつの小魚です！　猫ちゃんたちが膝の上に来たら上げるつもりでしたけど、これで誘い出します！」

（そういうのはいいんだ……）

コエモが取り出した小魚を見て、ジョンマンの膝の上の猫たちは鼻を動かし始めた。しばらく悩んだあと、やがてコエモの膝の上に移動していく。

「お、おおお！　来た。来ましたよ、ジョンマンさん！」

「うんまあ、君がいいならいいけども……」

「私の手から魚を食べてますよ！　かわいい〜！」

コエモが持っていた魚に、母猫も子猫も食いついていく。コエモはその姿が嬉《うれ》しくて、魚を持っていない方の手で猫たちを撫《な》で始めた。

「これはもう、私も懐かれたってことですよね?」

「……いいと思うよ」

「よし!」

魚を食べ終えた猫たちを、コエモは満悦の表情で撫で続ける。

最初は抵抗することなく撫でられていた猫たちも、やがて不満そうに膝から降りていった。そのまま寝床に向かい、家族で丸くなっている。

「あ、あれ? なんで? 懐いてくれたんじゃ?」

「触りすぎて、嫌われちゃったんじゃないかな」

「なるほど……。私も子供のころ、父に頭を撫でられすぎて嫌いになりました」

(ジュース……お前も大変だな……)

自分の体験と照らし合わせて、猫たちの気持ちを理解したコエモ。なおジョンマンは彼女の体験を聞いてジュースに同情していた。

「どうしたらいいですかね?」

「しばらくじっとしていたら、また来てくれるんじゃないかな……多分」

「そ、そういうものですか……」

先ほどよりもそわそわした顔のコエモは、わずかに体をゆすりながら猫たちを凝視していた。

その迫力に圧倒されたのか、猫たちはほどなくしてコエモから見えないところへと移動していく。

露骨な拒絶に、コエモはショックを受けていた。

「逃げられちゃいましたぁ……」

「今日は機嫌を損ねたみたいだから、もう帰りなさい」

「うう……そうします……」

かくてコエモは、涙目でジョンマンの家を出て行った。彼女が早く出て行ってくれて嬉しいが、涙目であったことが気にかかる。

「あの子があのまま家に帰ったら、俺が泣かせたみたいにならないだろうか……」

わずかに動揺したジョンマンは、椅子に座ったまま視線を動かす。すると壁に飾ってある『アリババ40人隊のスカーフ』に目が留まった。

「……獲物の気持ちを考える、獲物を餌で釣る、獲物に逃げられて出直す、か」

アリババ40人隊として活動していた時のことを思い出し、猫のこともコエモのことも忘れていた。

多くの情景が脳内を駆け巡り、思考がまとまらなかった。記憶の奔流に浸りながら、ジョンマンは椅子に座り続けていた。

猫たちはコエモが去ったことを確認したからか、再びジョンマンの膝の上に乗ってくる。母猫も子猫たちも、先ほどと同じような姿勢になっていた。

「さっきコエモちゃんがやっていたようなことを、俺も昔はやっていたんだ。もちろん相手はお前たちみたいにかわいいペットじゃない、とんでもなく強いモンスターだ」

ジョンマンはそれを拒むことなく、静かに一匹ずつ撫でていく。

「もっとも、あんなふうにぎこちなかったのは最初だけだ。要領がつかめると簡単に思えてきてな、モンスターなんて全部同じでバカなんだって油断して……酷《ひど》い目に遭ったこともある」

剣呑《けんのん》な回想をしているとは思えないほどジョンマンは静かで、後悔のない顔をしていた。

「もちろん失敗したら、多少は反省するさ。でものど元を過ぎれば熱さ忘れるって奴で、しばらくしたらまた同じ失敗をして……結局それを何度も繰り返したもんだよ」

そんなジョンマンの雰囲気が気に入っているかのように、猫たちは膝の上でリラックスしていたのだった。

「アイツは、そういう奴だった……」

※

二十年近く前のことである。まだアリババ40人隊が成立する前、アリババを隊長とする小規模な冒険者集団であり、アリババもジョンマンも若かったころだ。

旅の途中で寄った町から、猛獣退治の依頼をされた。

「ああ、うむ。おっほん！　みんなの隊長アリババだ。実は皆に衝撃的なことを伝える。旅費が底をつきそうだ。今晩の宿代はおろか、晩飯代もない」

隊員を前にして、アリババは悪い話をしていた。ジョンマンを含めた仲間たちは、『またかよ』とうんざりした顔をしている。

このころのアリババは会計も担当していたのだが、肝心の彼本人に金の管理がまったくできていなかった。そのうえお金に困ってから報告するのではなく、お金が尽きる直前になってようやく周知するのである。

より大所帯になり始めた時には会計を別の者と交替することになる。

「そんな我々に、町の人々が依頼をしてくれたのだ。ダンジョンから抜け出た巨大な虎が、付近の森に棲《す》み着いている。多くの人が襲われているので、退治してほしいとのことだよ。これは助ければならない！　皆もそう思うだろう？　私もそう思う！　できれば今晩までに退治して報酬を受け取って、資金切れを明日の朝まで引き延ばしたい！」

(成功しても一泊二日分の報酬しかないのかよ……)

「なので！　これから大急ぎで森に入ってその虎を退治するが……当然無策では今晩に間に合わない！　そこで、私は作戦を考えたわけだよ！」

若き日のアリババは、自分を大きく見せようと偉ぶった口調をしていた。しかしそれは逆効果であり、仲間からは白けた目で見られている。

「なあに、シンプルな罠《わな》だから安心してほしい。餌として大きめの獣を木に吊《つ》るして、周囲で待つだけさ！　虎が食いついたら全員で袋叩《ふくろだた》き！　簡単だろ？」

アリババの言う通り簡単な罠であった、問題はその餌を誰がどうやって準備するかである。

「ということで、森に入ってできるだけ大型の獣を狩ろう！」

アリババが提案する罠が成功するかどうか以前に、今晩までに準備が整うか怪しくなってきた。とはいえ他に案があるわけでもなく、アリババと仲間たちは森に入っていったのである。

餌になる大型の獣を簡単に捕獲できるか、と危機感を持っていた面々だが、意外にも森のすぐ入り口で傷を負った象を見つけた。肉食獣に襲われたところを逃げ出したが、力尽きて動けなくなったかのように見える。

「よかった〜〜！　見つかった〜〜！」

誰よりも安心していたのはアリババだった。象に気付かれないよう茂みに隠れたまま、大きな声で喜びをあらわにしている。

「で、どうするんだよ。まさかあの象を木に吊るすのか？　誰がどうやって、どの木に吊るすんだよ」

「ははは、何を言い出すんだいジョンマン君！　よく見たまえ、もうすでに餌同然じゃないか！　あとはここで待っていれば、虎も現れること間違いなし！」

「……まあそうだな」

この時のアリババたちは知らなかったが、ダンジョンから出てきた虎はディープタイガーという名前のモンスターであった。

本来はダンジョンの二十階層以下にしか生息しない、強力なモンスターである。

戦闘能力もさることながら知能も高く、狩りの際には囮《おとり》を用意する。奇《く》しくもアリババの提案と同じように、まず大型の獣を弱らせて囮にし、群がる獣たちを食らう、という手法をとる。

まさに今、この状況がそれであった。

「なあ、アリババ。後ろから音がしないか？」

「……そうだねえ、うん。私もそう思っていたところなのだよ。よかったらジョンマン君が後ろを振り向いて、確認してくれないかね？」

「そこはアリババ様にお願いしたいな」

「ははは。それじゃあ双方の意見を受け入れて……全員、前に走れ～～！」

アリババとその仲間たちの後ろに、待ち構えていたディープタイガーが迫っていた。それを理解した彼らは慌てて逃げ出し、ディープタイガーはそれを追いかけてくるのであった。

「ぎゃあああああ！　アリババ、何とかしろ～～！」

「待ちたまえよ、ジョンマン君！　ちょっと時間をもらえれば、素敵なアイデアが浮かんでくるはずさ！　だから急《せ》かさないでほしいね、焦るとろくなことがないよ？」

「焦って逃げないと今すぐ食われるだろうが！」

※

ジョンマンは当時の恐怖を思い出して、背筋を震わせた。

今の彼ならば何百頭いても倒せるが、当時の自分たちにとっては全滅の危機だったのである。

「あの虎と違って、お前たちはかわいいもんだ」

巨大なモンスターを軽々と殺せる手で、猫を撫でる。冒険に明け暮れていた日々がもう終わったのだと、自分に言い聞かせているようだった。

「……あの子のことは許してやってくれ。まだまだ若くて、お前たちのペースに合わせられないだけなんだよ」

今のコエモは落ち着きがなさすぎる。だから猫からすれば、過激に見えてしまうのだろう。しかしいつかは彼女も、猫に合わせられるだけの落ち着きを得られる。

自分の変化を感じながら、ジョンマンは猫に話しかけていた。

「ジョンマンさん！　もう一回挑戦しに来ました！」

「し、失礼します、叔父上……」

バタンと扉を開けて、コエモとオーシオが入ってきた。その音に驚いて、猫たちは部屋の隅に逃げていく。

あまりにも唐突だったため、ジョンマンさえも驚いていた。

「な、なに？　どうしたの!?」

「それが……コエモちゃんが泣いていたので、私が話を聞いたのです。しばらくしたら彼女は立ち直ってもう一回猫と遊ぶと言い出しまして……私はその付き添いです」

コエモが再訪した理由を、オーシオが申し訳なさそうに説明する。どうやら彼女も、再挑戦が早すぎると思っているようだ。

「……とめなよ」

「あ、諦めないことが、彼女の美点だと思うので……」

「それはそうだけども、今回は相手がいるんだからさあ」

ジョンマンとオーシオが呆れている中で、コエモは部屋の隅に行った猫たちに近づいている。

「絶対に、今日中に、仲良くなってみせる！」

(俺だったら、そんなことを言い出す奴と仲良くなりたくないがな……)

ジョンマンは猫たちに同情しつつ、コエモが諦めるまで待つことにしたのだった。

書き下ろし番外編　歪み

ゾウオウがドザー王国に捕まってしまったため、ラックシップを頭目とする盗賊団のアジトが知られてしまった。ごく自然な流れとして、ハウランド率いる近衛《このえ》騎士隊が派遣され、アジトは壊滅寸前となる。

もはや悪運尽きたかという時にラックシップがハウランドを叩《たた》きのめした。

残った近衛騎士は無様にも敗走し、ラックシップ率いる盗賊団は意気揚々と追いかけていったのである。

アジトに残ったのは、盗賊団見習いとも言うべき子供たちだけ。様々な理由で家庭環境に恵まれず、ハウランドの庇護《ひご》下で修行を受けている彼らは、森の中のアジトを片付けていた。

命令されたわけではなく、自発的な行動である。何もせずにボケっとしていたら怒られる、そもそもアジトの中が汚いので片付けたいという理由であり、勤勉というわけではない。

「ラックシップ様、強かったねえ」

「うん、とっても強かった！　同じ光る鎧《よろい》を着ている騎士を、やっつけちゃったもんな！」

盗賊見習いたちは、運べる大きさの瓦礫《がれき》を外に運び出しながら、ラックシップの戦いぶりについて話していた。

なかでも年少の子供たちは、無邪気にはしゃいでいる。

「やっぱりラックシップ様は凄《すご》いんだなあ！　他の大人の人も逆らわないもん！」

「俺たちもあんなふうに強くなれるかな？」

「なれるさ！　ラックシップ様が俺たちに修行をつけてくれてるんだし！」

盗賊団を率いているラックシップだが、アジトを離れることは少ない。略奪はゾウオウたちに任せており、自分は子供たちへ修行をつけてばかりであった。

ゾウオウへ『エインヘリヤルの鎧』を授けたように、いずれは彼らにもスキルの伝授をするという。

今はわんぱくなだけの彼らが、ゾウオウをも超える実力者へと成長しても不思議ではない。

「俺もあんなふうに光る鎧を着て、どっかんばっこんと暴れてやるんだ！」

「俺も俺も！　俺の飯を取った兄貴や、俺を悪者にして家を追い出した姉貴に痛い目を見せてやるんだ！」

楽しそうに未来予想を描く年少組と違って、年長組はそうもいかなかった。片付けを続けながら、互いの顔を見つつ相談をしている。

「なあ、セサミ盗賊団って聞いたことあるか？」

「聞いたことない。でも大人たちはみんな知っている感じだったから、有名なのかな」

彼らは『全方見聞録』を読んだことがないどころか、読み書きすらできない。

余裕のある暮らしをしていたわけでもないので、噂話《うわさ》すら耳に挟まない。

世間の常識から乖離《かいり》している彼らは、セサミ盗賊団の存在すら初耳だった。まして、すでに壊滅しているなど知るよしもない。

「俺たちもそこに入らないといけないのかなぁ」

「ラックシップ様みたいな人がたくさんいる盗賊団か〜〜。どんなところなんだろうな」

「知らねえよ。でも、きっとおっかないところだぜ」

年長組の見習いたちは、年少組ほどラックシップを崇拝していない。

行き場がないので盗賊団へ身を寄せているだけで、彼に対して恐怖さえ抱いていた。

ラックシップのような猛者《もさ》が大勢いるというセサミ盗賊団へ、自分達も入らなければならないのか。

そんな、無意味な心配さえしていた。

だんだん片付けがおろそかになり話し込む少年少女たちだが、足音が近づいてくると一気に慌てだした。

「ヤバい、帰ってきたぞ！　急げ、急げ！」

「酒を持ってこい！　とにかく酒さえ出せばいい！」

「割れてない器を持ってこい！」

荒くれ者たちの中で生きている子供らは、強《したた》かに適応していく。最低でも酒盛りをできるように片付けながら、大人たちの帰りを迎えようとしていた。

「おかえりなさい！」

「「おかえりなさい！」」

ハウランドに打ち破られた門の前で、並んで挨拶をする見習いたち。

彼らに迎えられて、先頭を歩くラックシップは嬉《うれ》しそうにしている。

「ははは、今戻ったぞ〜〜。酒の準備はできてるか？」

「はい！　こちらに！」

「偉いねえ。それじゃあ早速頼む、部下どもの分もよろしくな〜〜」

「は、はい！」

頭目であるラックシップは当然のこと、他の盗賊たちも歓待しなければならないのが見習いの辛《つら》いところだ。彼らにも挨拶をしようとして、子供たちは固まってしまった。

「おか……!?」

上機嫌なラックシップと違って、他の盗賊たちはボロボロだったのである。疲れた顔もしており、一戦交えたか、あるいは敗走してきたようにも見えた。

「おう……戻ったぜ」

「酒……とにかく酒だな」

彼らもラックシップ同様、アジトを出る時は上機嫌だった。変貌ぶりに驚きつつも、子供たちは盗賊たちをアジトに迎え入れる。

大きな瓦礫の上に座った盗賊たちは、何があったのか話そうともせず、無心で酒を飲み始めた。嫌なことを酒で忘れようとしているのだろうが、どれだけ飲んでも酔えていない様子である。

「ははは！　運動のあとの酒は最高だなあ！　お前らも飲めよ～！」

「うっす……あざっす」

楽しそうに酔っぱらっているのは、ラックシップだけであった。近衛騎士たちを追いかけていった時と変わらぬ雰囲気のまま、愉快そうに酒をあおり続けている。

何があったらこうなるのか、不思議でしょうがなかった。見習いたちは『聞かなくていいこと』と知ったうえで聞きたくなってしまう。

「あ、あの、ラックシップ様、よろしいですか？」

「ん？　なんだ」

「皆さん、傷を負っていらっしゃいますが、何かあったんですか？」

ラックシップへ酌をしていた年長の少年が質問をすると、他の盗賊たちは同時に固まった。どうやら彼らからすれば話題に挙げてほしくなかったらしい。

だがそれも、ラックシップにとっては関係のないことだった。

「おう、教えてやる。だがな、ちょっと込み入ってるんで、昔のことから話す必要がある」

ひっひっひ、とわざとらしく老獪《ろうかい》に笑うラックシップは、やはり老人らしく昔話を始めた。

「今でこそこんな爺《じい》さんの俺だが、昔はガキだった。そいつらと同じ田舎《いなか》のチンピラで、なんのとりえもない雑魚《ざこ》だった。だがある日、転機が来たのさ」

部下に対して酷《ひど》い評価をしつつ、身の上話を続ける。

「セサミ盗賊団とかいう組織が、野心のあるガキを勧誘していたのよ。飯を食わせてやるし鍛えてやるから部下になれってな」

「……！」

「あ、その顔。今の自分みたい、とか思ったか？　実際そんなもんよ、世界は広いがどこも似たようなもんだ。でだ……セサミ盗賊団に入って超強くなった俺は、幹部に昇格した。それはもう贅沢三昧《ぜいたくざんまい》の、ウハウハな日々を送ったぜ」

わざと下劣に笑うラックシップだが、盗賊たちは少しばかり心を惹《ひ》かれていた。

セサミ盗賊団の幹部であった時代の彼は、男の望むすべてを飽食していたに違いない。荒くれ者たちからすれば、憧れても不思議ではない。

「セサミ盗賊団には、俺と同じぐらい強い幹部がたくさんいたし、格上である首領や最高幹部までいた。やろうと思えば、世界征服だってできたかもな？　だが、十年前に壊滅した」

栄光の時代の終わりを、ラックシップは適当に切って捨てる。

「アリババ40人隊を名乗る冒険者どもと真正面から戦って負けちまったのさ」

「え、ええ？　ラックシップ様よりも強い人がたくさんいたのに、負けてしまったんですか？」

「そうそう。まったく、世の中は広いもんよ。戦いを生き残った俺は、いろいろあってこの島に流れ着いた。そっから先はお前たちも知っての通り、面白おかしくだらだら過ごしてたんだが……」

ラックシップは、質問への回答に入った。悪戯《いたずら》っぽく、驚かせるように囁《ささや》く。

「そのアリババ40人隊のメンバーが、この島に来てたんだよ」

「ええ!?」

「驚くだろ？　いやあ、俺も驚いた。世の中は狭いなあ！　ん？　俺は世界が狭いとか広いとかどこも変わらないとか、コロコロ言うことが変わってるな。まあいい。んで一戦交えて、負けちまって、おめおめと逃げ帰ってきたのよ」

敗走してきたというわりに、ラックシップは余裕そうである。どうみても、ケガ一つしていない。

「あの、本当に負けたんですか？　とてもそうは見えないんですが……」

「負けも負け。降参して、なんとか見逃してもらったのさ。なあ？」

同行していた部下たちに話題を振る。彼らこそがまさに敗走してきたかのような姿をしており、ラックシップから振られた話題にも返答に困っている。

「降参……してたか？」

「降参はしてたな……うん」

「負けたか？　負けてないような気がする……」

部下たちの反応からするに、引き分けではあったがラックシップが引き下がったということなのだろう。見習いたちがそう理解したところで、ラックシップは笑ってすごんだ。

「あれは、俺の、負け。そうだろ？」

「「はい、負けです！」」

ラックシップから『負けたと言え』と命令されて、部下たちは口をそろえる。

見習いたちも呆《あき》れる中で、ラックシップは更に笑う。

「いや～～負け負け！　盗賊らしく、逃げるしかなかったぜ！」

より一層酒をあおりながら、剛毅《ごうき》ぶりを見せつけるのであった。

※

日が沈んだころになると、アジトはすっかり暗くなっていた。

酒に酔えなかった部下たちも、疲労からか眠りにつく。子供たちもまた、ぐっすりと寝ていた。

起きていたのは、ラックシップだけである。彼は酔っているふりをしていただけで、まったく酔っていなかった。

「アリババ40人隊の元メンバー、ジョンマンか。懐かしくなっちまったな」

酔えない酒を飲むのはやめた彼は、懐から銀色のメダルを取り出す。

セサミ盗賊団幹部の証《あかし》を老いた目で見つめる彼は、自分の半生を思い返していた。

「セサミ盗賊団は良かった……俺の人生の、栄光だな。負けちまったのは、まったく不運だった」

悪党であることを自認する彼は、悪徳を貪っていた時代さえ肯定する。しかしすべてを肯定しているわけではない。

「あの戦いのあと、俺はセサミ盗賊団を復活させようとした。辺境の実力者たちを傘下に収めて、再興を図ろうとした」

栄光の時代を取り戻そうとしていた己を、彼は恥じる。

「人生で、一番無駄な時間だった」

十年前から五年ほど前まで。奇《く》しくもアリババ40人隊が『無間地獄《むけんじごく》』から生還したころに、彼はセサミ盗賊団の再興を諦めた。

己の老いを感じたこともそうだが、自分に首領の後釜が勤まるわけもないと悟ったからである。

諦めたからこそ、冷静に自己分析ができてしまう。

「セサミ盗賊団の再興を願う俺は、本当の俺じゃなかった。悪党ですらなかった。自分を見失っていた」

セサミ盗賊団を再興するべく動いていたラックシップだが、目的が『不純』だった。再び悪徳を貪るためではなく、別の私利私欲があったわけでもない。

セサミ盗賊団という組織を信仰してしまい、再興そのものが目的になっていた。手段が荒々しいというだけで、主を失った忠臣のような動機だった。

自分にあるまじき真面目さであり、精神的に異常な状態だった。

「セサミ盗賊団が壊滅したんなら、さっさと諦めればよかった。今のように、適当にいい加減に暮らしていればよかった」

先ほど部下たちへ過去を語ったが、意図して詳しく説明しなかったことがある。

五つのスキルを習得し実力を認められた若き日のラックシップは、幹部に就任することが許されセサミ盗賊団の首領に会うこととなった。

「首領……俺もアンタに、脳を焼かれたんだ」

野心家であったラックシップは、隙さえ見せればセサミ盗賊団を乗っ取ってやろうとさえ考えていた。しかしセサミ盗賊団の首領に会った時、何もかもを忘れて感動してしまった。

『お前がラックシップか。見どころのある若者だと聞いている』

首領なので当然だが、上から目線だった。普段のラックシップなら、気に入らないと反発するはずだった。だがこの時のラックシップは、褒められたことに喜んでさえいた。

『今後も組織のために励んでくれ』

定型文による新幹部への挨拶だったが、心からの言葉だとわかってしまった。

首領のために、組織を盛り立てることこそ自分の『役目』だと悟ってしまった。

カリスマに圧倒されただけなのに、人生が良い方向に変わる出会いだと錯覚してしまった。

「俺の役目……悪党に役目なんてあるか、馬鹿馬鹿しい」

ラックシップはセサミ盗賊団に入ったことで強くなったが、悪党ゆえの強かさを失ってしまったのだ。

「お前もそうなんだろう、ジョンマン。英雄に出会って、影響されて、身の丈に合わない理想を持って、達成できてしまった。お互いしなくていい苦労をしたチンピラさ。お前も今はそれがわかっているんだろう？」

ラックシップにとって、ジョンマンは仇敵《きゅうてき》ではなく同志であった。

自分が勝手にそう思っているだけではなく、相手も共感していると信じていた。

「そして……度し難《がた》いことに、出会ったこと自体は後悔していないだろ？　俺はそうだ」

ラックシップは自嘲しながら、酔えない酒をまたあおっていた。

あとがき

この度は本作『最強出戻り中年冒険者は、いまさら命なんてかけたくない』をご購入いただきありがとうございます。

本作は「小説家になろう」様に投稿していた同名の作品を大幅に修正加筆したものとなっております。

まだご覧になっていらっしゃらない方は、そちらも読んでいただけると幸いです。

さて、本作は夢を叶えたあとの「おっさん」が主人公です。

凡庸な才能しかないにもかかわらず、多くの試練と冒険を越えて、歴史的偉業を成し遂げた人物です。

彼の手元には使い切れない財宝があり、多くの勲章があり、圧倒的な戦闘能力まで備えています。

冒険者が望むすべてを手に入れたと言って過言ではない彼ですが、余人が想像するほど幸福ではありません。

人生の情熱を使い果たしてしまった彼は、長い時間をかけて自分の実家に帰ります。

そこには自分を迎えてくれる家族はおらず、結婚を約束していた幼馴染などもおらず、自分の冒険を信じてくれる人さえいません。

冒険の終わりから、物語が始まるのです。


普通ならば冒険の始まり、あるいは冒険のさなかから物語は始まるでしょう。冒険が終わってから物語が始まるというのは、珍しくはありませんが王道でもないと思います。

それというのも作者である私がこの物語に『自分の体験』を詰め込んでいるからでしょう。

私も作家として長く活動し、それなりに年齢を重ねました。人生は時間も情熱も有限である、ということを強く感じています。

誰もが羨むような大願を果たすには命を燃やすしかなく、成し遂げたあとには灰しか残っていない。

そんな大作家先生のようなことを、偉そうに考えてしまうようになったのです。


そんな私の分身であるジョンマンは、新しいことを始めることに臆病で、家族や結婚がうらやましいといっているくせに行動へ移さず、名声を求めない代わりに自分の世間体を気にしています。

充電期間を設けた結果、再起を果たす……ということも期待できないでしょう。

とても受け身で、嫌なリアリティのある、人間味のある主人公だと思います。

もちろん他の「オッサン」も嫌な人間味があります。

ジョンマンの幼馴染であるヂュースは自己嫌悪しているからこそ自己肯定感に飢えていました。一方で自分の分を弁えていたからこそ、再起不能になっても早めに割り切ることができました。

ジョンマンの兄であるハウランドは、自分に厳しくあろうとしていたからこそ、今の自分に問題があるとは思っていませんでした。

自分よりも強い者がいるとわかっているうえで、自分が遭遇するとは思っていませんでした。自分以上の強者を信じていないも同然でしょう。

だからこそ挫折し、心身ともに弱り切ってしまいました。

三者三様。それぞれに現役復帰ができなくなった彼らですが、それでも人生が詰むということはありません。

これでよかった、しかたないと割り切って生きていくと思います。

彼らの背中を見て、若者がどう思うかはともかく……良い方向に進むことを、誰もが願っています。

最後に……自分へ声をかけてくださった一迅社様。素敵なイラストを描いてくださったごろー＊様。

本当にありがとうございました。

明石六郎

［エロゲファンタジーみたいな異世界のモブ村人に転生したけど折角だからハーレムを目指す］

著：晴夢　　イラスト：えかきびと

竜の血を引く竜人だけが魔法を使える異世界に、属性魔力を持たない『雑竜』として転生したアレク。強力な魔力を持つ準貴竜の幼馴染リナを可愛くなるまで躾けていた彼は、なぜかリナの従者として、優秀な竜人が集う上竜学園へ入学させられる。場違いなアレクは貴竜のナーシャたちに目をつけられるが、決闘で完膚なきまでに負かしていき半ば強引に攻略していく!?　力(と性)に貪欲な最弱竜人アレクの学園ハーレムライフ開幕!!

最《さい》強《きょう》出《で》戻《もど》り中《ちゅう》年《ねん》冒《ぼう》険《けん》者《しゃ》は、
いまさら命《いのち》なんてかけたくない

初出……「最強出戻り中年冒険者は、いまさら命なんてかけたくない」
小説掲載サイト「小説家になろう」で掲載

2024年6月5日　初版発行

【著　者】明石六郎
【イラスト】ごろー*

【発行者】野内雅宏

【発行所】株式会社一迅社
〒160-0022
東京都新宿区新宿3-1-13 京王新宿追分ビル5F
電話　03-5312-7432（編集）
電話　03-5312-6150（販売）

発売元：株式会社講談社（講談社・一迅社）

【印刷所・製本】大日本印刷株式会社
【ＤＴＰ】株式会社三協美術

【装　幀】AFTERGLOW

ISBN978-4-7580-9649-2

おたよりの宛先
〒160-0022
東京都新宿区新宿3-1-13　京王新宿追分ビル5F
株式会社一迅社　ノベル編集部
明石六郎先生・ごろー*先生